KB261261

나도아름답게 나이들고싶다

나도아름답게 나이들고싶다

황필호 수상록

나도 아름답게 나이 들고 싶다

지은이 | 황필호
펴낸이 | 김성실
편집주간 | 김이수
편집기획 | 한승오 · 이종관 · 박남주
마케팅 | 이동준 · 김창규 · 강지연
본문디자인 · 편집 | (주)하람커뮤니케이션
표지인쇄 | 중앙 P&L(주)
본문인쇄 | 한영문화사
제본 | 국일문화사
펴낸곳 | 시대의창
출판등록 | 제10 - 1756호(1999. 5. 11)

초판 1쇄 발행 | 2005년 5월 3일
초판 2쇄 발행 | 2005년 10월 20일

주소 | 121-840 서울시 마포구 서교동 397-2
전화 | (02)335-6121
팩스 | (02)325-5607
홈페이지 | http://www.sidaew.co.kr

ISBN 89-89229-99-5 03810
값 8,900원

ⓒ 황필호, 2005, Printed in Korea.

- 무단 전재 또는 복제를 금합니다.
- 잘못된 책은 바꾸어 드립니다.

나도 아름답게 나이 들고 싶다

황필호 수상록

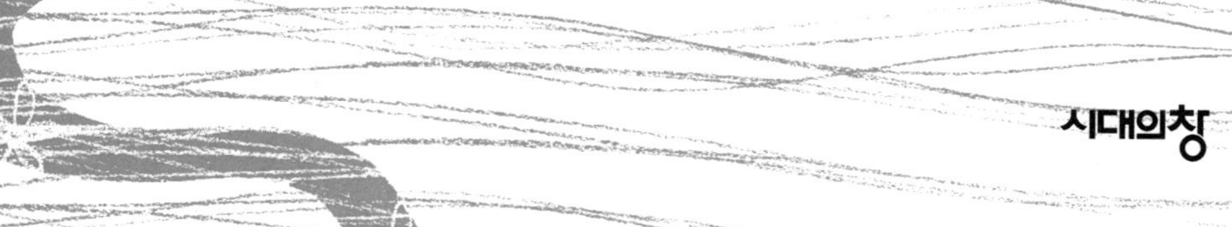

시대의창

어떻게 나이 들어갈 것인가

시간이 흐르면서 나이가 들고 늙는다는 사실은 누구나 잘 알고 있습니다. 여기에 예외는 없습니다. 나이를 먹고 늙는 것은 모든 사람의 운명입니다.

그런데 대부분의 사람들은 나이 먹어가는 것에 대하여 우리가 할 수 있는 일은 아무것도 없다고 착각하고 있습니다. 마치 불쑥 방문을 열고 들어온 불청객처럼, 모든 사람은 어느 날 갑자기 아주 나이 든 자신을 발견하게 된다고 착각하고 있습니다. 우리가 나이 들지 않으려고 아무리 발버둥쳐도, 시간은 언제나 '과거→현재→미래'로 일방통행을 하기 때문입니다.

그러나 우리는 정말 심각하게 자문해 보아야 합니다. 나는 어떻게 나이 들어갈 것인가? 여기에 인생의 성패를 가름하는 중요한 열쇠가 숨어 있습니다. 아무 대책 없이 살다가 이미 아주 나이 들어 버린 자신을 발견했을 때는 정말로 아무것도 할 수 없게 됩니다. 그러므로 나이를 먹는 데에도 기술과 전략이 필요합니다.

대부분의 사람들은 나이듦과 늙음을 동일한 것으로 착각하고 있습니다. 나이가 들면 늙은 것이고, 늙으면 나이가 든 것이라고 착각하고 있습니다. 그러나 이 세상에는 분명히 나이가 들어도 만년 청춘으로 사는 사람들이 있습니다. 그래서 우리는 주위에서 젊은이 같은 늙은이와 늙은이 같은 젊은이를 쉽게 만날 수 있습니다.

이제 우리는 나이듦이 바로 늙음은 아닐 수 있다는 사실을 명심해야 합니다. 그래서 나이가 들면서 자연히 늙어간다고는 생각지 말아야 합니다. 우리는 정말 심각하게 자문해 보아야 합니다. 나는 늙어서 과연 무슨 일에 모든 정열을 쏟을 것인가? 여기에 바로 중년 이후의 인생을 결정하는 중요한 열쇠가 숨어 있습니다. 늙는 데에도 기술과 전략이 필요합니다.

누구든 언젠가는 죽게 마련이며, 누구나 그런 사실은 잘 알고 있습니다. 여기에는 누구도 예외일 수 없습니다. 천하의 미인인 양귀비나 클레오파트라도 죽었고, 헛되이 불로장생을 염원했던 진시황제가 그랬듯 어떤 영웅호걸도 죽음을 비껴갈 수는 없었습니다. 그래서 미국에는 모든 사람이 꼭 해야 할 두 가지가 있는데, 첫째는 세금을 바치는 일이고, 둘째는 죽는 것이라는 농담이 있습니다. 그리고 영어로는 '확실히'라는 단어를 'as sure as death'라고 표현하기도 합니다. 죽음은 모든 사람의 운명입니다.

그런데 대부분의 사람들은 죽음이란 까마득히 먼 장래의 일이므로 지금 당장은 아예 신경쓰지 않는 것이 좋다고 착각하고 있습니다. 젊어서 죽음을 생각하는 것은 삶에 대한 비관적인 태도일 뿐이라고 착각하고 있습니다. 그러나 우리는 잊지 말아야 합니다. 죽음은 미래의 일이면서도 엄연한 현재의 일이며, 죽음을 알지 못하면 삶도 알 수 없다는 사실을. 플라톤이 철학을 '죽음을 연습하는 것'이라고 설명한 이유도 여기에 있습니다.

모든 사람은 나이 들고, 늙고, 죽습니다. 누구도 어길 수 없는 자연의 법칙입니다. 그럼에도 우리는 이 중요한 세 가지 문제를 외면하고 있습니다. 나이듦에 대하여 우리가 할 수 있는 일은 하나도 없으며, 나이가 들면 자연히 늙은이가 되고, 죽음은 차라리 생각지 않는 것이 상책이라고 착각하고 있습니다. 우리가 이 세 가지 착각에서 벗어나서 나이듦과 늙음과 죽음을 정면으로 응시할 때, 우리의 삶은 더욱 값지게 될 것입니다.

정재호는 「환갑날 아침에」라는 시에서 나이 드는 심정을 이렇게 노래합니다.

왜 태어나서

뭣 때문에 사는지도 모르면서

수없이 쓰러지면서도

낙오되지 않으려고

안간힘을 쓰며 살아온

육십 년 세월

봄, 여름도 느낄 사이 없이

어느덧 늦가을에 섰네

남의 곳간에는

오곡이 풍성한데

내 좁은 뜰에는

반쯤 여문 과실 몇 개 뿐

햇빛 쬘 날이 얼마나 남았는지

죄짓지 않고 욕심 없이 살고 싶다

환갑술 받아 놓고

지내온 삶을 음미한다

향취도 없고 맛도 없는

쓴 인생을

달게 마신다

나 혼자 앉아서.

젊은이들에게 환갑은 아득히 먼 날의 일로 느껴질 수 있습니다. 그러나 사실은 그리 먼 날의 일도 아닙니다. 나이 마흔 넘어 세상 풍파 한두 번 더 겪고 나면 금세 환갑입니다. 어떻게 나이 드느냐에 따라 저마다 나이 들면서 부르는 노래도 천차만별일 것입니다. 늘 아름다운 노래를 부를 수 있다면 나이 들수록 더욱 빛나는 삶을 살게 될 것입니다.

차례

어느 나이고 다 살 만하다

나이에 대한 오해와 진실

나는 아직도 어떻게 여생을 살 것인가에 대한 정확한 답변을 갖고 있지 않지만 다만 한 가지, '내게', '남은 삶'이, '지난 삶'보다 훨씬 중요할 것이라는 사실은 분명해 보입니다. 인간은 어차피 끝에 의해 심판받게 마련이며, 셰익스피어가 말했듯이 "끝이 좋은 것은 모두 좋다"고 주장할 수 있기 때문입니다.

모든 것은 끝에 달려 있습니다. 훌륭한 학생은 영광스럽게 졸업하는 학생이며, 훌륭한 군인은 명예롭게 제대하는 사람이며, 훌륭한 사람은 끝을 잘 마무리하는 사람입니다. 순리에 어긋나게 끝을 맺는 사람은 남의 눈에는 돋보일지 몰라도 실상은 실패한 사람입니다. 이제 나는 나이의 문제를 끝의 입장에서 생각해 보겠습니다.

첫째
마당

나이에 대한 오해와 진실

인생은 '채움'이 아니라
'비움'의 과정이다

모든 사람은 저마다의 성城을 가지고 있습니다. 이 세상에 완전히 동일한 사람은 없습니다. 그러므로 인간을 어떤 한 틀만으로 설명하려는 모든 시도는 언제나 소경이 코끼리 만지는 식이 될 수밖에 없습니다. '나'는 이 세상에 오직 한 사람뿐입니다.

그렇다고 해서, 주기적인 사이클로는 인간의 일생을 전혀 설명할 수 없다는 뜻은 아닙니다. 오히려 인간이란 서로 다르기 때문에 최소한의 사이클을 인정할 수 있습니다. 그러므로 지금부터 설명하려는 사이클은 사실적인 주장이 아니라 어디까지나 기능주의적 방법론입니다.

인생의 사이클을 가장 잘 정리한 사상가로는 단연 공자를 들 수 있습니다. 그는 15세에는 학문에 뜻을 세웠고(지우학志于學), 30세에는 자립自立했으며(이립而立), 40세에는 의혹에 빠지지 않았고(불혹不惑), 50세에는 천명天命을 알게 되었고(지천명知天命), 60세에는 귀로 듣는 대로 이해가 되었고(이순耳順), 70세에는 마음이 하고자 하는 일을 그냥 해도 법도法度를 어기지 않게 되었다(불유구不踰矩)고 말했습니다.[1]

물론 모든 사람이 공자가 말한 인생 단계를 정확히 거치는 것은 아닐 것입니다. 어떤 사람은 나이 50에 불혹과 지천명의 경지를 동시에 체득할 수도 있고, 또 어떤 사람은 죽을 때까지 불유구의 경지에 이르지 못할 수도 있습니다.

그러나 여기서 확실한 것은, 이 6단계는 엄연한 계층적 관계라는 것입니다. 지우학과 입지를 이루지 못한 사람은 불혹의 경지에 이를 수 없으며, 천명을 알지 못한 사람은 절대로 이순이나 불유구의 경지에 이를 수 없다는 사실입니다. 결국 인간의 삶은 처음부터 끝까지 배움의 과정이며, 다만 인생의 사이클에 따라서 그 내용이 조금씩 다를 뿐이라는 뜻입니다.

오늘날 우리 주위에 아무런 계기나 노력도 없이 그저 나이가 들었다고 해서 공자가 70세에야 겨우 도달한 경지를 저절로 체득한 양 큰소리치는 사람들이 많다는 것은 참으로 부끄러운 일입니다.

공자는 군자의 인생 사이클을 이렇게 설명합니다. "군자에게는 세 가지 경계할 것이 있으니, 젊을 때는 혈기가 불안정하므로 여색女色을 경계하고, 장년에는 혈기가 한창 강하므로 싸움을 경계하고, 늙어서는 혈기가 쇠하므로 얻음을 경계하라." [2]

힌두교도 인생의 사이클을 말합니다. 마치 하루가 아침·점심·오후·저녁으로 나뉘듯 인생도 몇 단계의 사이클을 지닌다는 것입니다. 그래서 "현재 내가 해야 할 일은 무엇입니까?"에 대한 답변은 우선 내가 어느 단계에 있느냐에 따라서 달라질 수밖에 없다는 것입니다. 그들은 네 단계를 주장합니다. 첫째는 학생學生, 둘째는 가장家長, 셋째는 은퇴자隱退者, 넷째는 방랑승放浪僧의 단계입니다.

첫째, 학생의 단계는 8~12세부터 약 12년 동안 (대개 선생님 집에 같이 기숙하면서) 세상의 모든 지식을 얻겠다는 심정으로 열심히 공부해야 합니다. 여기서는 내가 나중에 어떻게 사회에 기여할 수 있느냐 등의 질문은 아직 생각할 필요도 없습니다.

학생의 가장 신성한 의무는 배움 자체입니다. 물론 여기서의 배움은 단순한 지식 공부만이 아닙니다. 좋은 습관을 기르고, 훌륭한 성격을 형성해야 합니다. 그저 움직이는 백과사전이 되는 것이 목표가 아닙니다. 인디아는 오래 전부터 배움을 위한 배움보다는 해탈을 위한 배움을 더욱 중요시해 왔기 때문입니다.

둘째, 가장의 단계는 결혼과 더불어 시작됩니다. 육체가 최고

도로 발달된 이 시기에 사람들은 그의 가정·직장·사회에 봉사
해야 합니다. 가정을 통해 쾌락을 얻고, 직업을 통해 성공을 얻고,
지역 사회에 대한 봉사를 통해 시민의 의무감을 얻는 것도 이 시
기입니다. 힌두교는 이상의 세 가지 기쁨을 꼭 받아들여야 한다고
말합니다.

그러나 가장의 기쁨도 언젠가는 사라지게 마련이며, 힌두교인
들은 이렇게 가장의 기쁨이 사라진다는 사실을 허심탄회하게 받
아들입니다. 섹스와 감각의 쾌락 그리고 사회적 성공조차 무의미
하게 되는 날이 오게 되며, 여기서 힌두교인은 세 번째 단계로 넘
어갑니다.

물론 모든 사람이 세 번째 단계로 넘어가는 것은 아닙니다. 오
히려 대부분의 사람들은 결혼·직업·사회에 대한 미련을 죽을
때까지 붙잡고 있기도 합니다. 그러나 이것은 절대로 바람직한 일
이 아닙니다. 종교학자 휴스턴 스미스(Huston Smith)는 이렇게 말합
니다.

일부의 사람들은 그대로 두 번째 단계에 머문다. 허나 그들의 표
정은 별로 아름답지 않다. 젊은 시절에 적합했던 추구도 너무 세월이
지나면 기괴하게 된다. 25세의 플레이보이는 엄청난 매력을 가지고
있지만 50세의 플레이보이는 그렇지 않다. 더욱 큰 힘과 새로운 이념
을 가진 젊은이들이 쑥쑥 올라오는데 자신의 위치를 포기하지 못하

는 사람들도 이와 마찬가지의 부류다.

우리는 이런 사람들을 비판할 수는 없다. 그들은 단지 삶의 또 다른 개척지를 발견하지 못해서 그들이 알고 있는 것에 집착하는 것이다. 그러므로 그들이 제기하는 질문이란 단순히 "노년도 살 가치가 있는가?"라는 것이다. 특히 (최근 들어) 의학이 매년 인간의 수명을 연장시키면서 더 많은 사람들이 이런 질문을 던진다.

시인은 언제나 '삶의 저녁' '황혼 시절' '가을의 붉은빛'에 경의를 표해 왔다. 그러나 그들이 정말 그렇게 생각한 것 같지는 않다. 시로 표현된 "나와 같이 늙자구나. 가장 좋은 것은 앞으로 올 것이다"라는 표현도 실제로는 "우리는 늙어가지만, 나의 코리나여, 오월의 축제로 가자구나"라는 신념의 절반도 담지 못하고 있다.[3]

중년 이후의 삶에도 가치가 있는가? 물론 이에 대한 답변은 우리가 과연 무엇을 삶의 가치로 삼느냐에 달려 있습니다. 만약 그것이 육체의 즐거움뿐이라면, 젊음 이후의 삶은 모두 내리막길일 것입니다. 그러나 만약 삶의 가치가 육체적인 쾌락을 넘어서도 존재한다면, 나이듦의 의미는 백팔십도 달라질 수 있습니다.

셋째, 은퇴자의 단계는 대개 손자를 본 다음부터 시작됩니다. 지금까지 그는 정말 열심히 살아 왔습니다. 그래서 "나는 누구인가?"라는 질문에 집중하지 못하면서 오직 쾌락과 성공과 명성을 추구해 왔습니다. 이제 그는 이 모든 것을 뒤로 하고 내면의 소리에 귀를 기울입니다. 인디아에서 이 세 번째 단계는 대개 가정을 버리고 숲 속으로 들어가 생활하는 산림 거주자居住者가 되는 방식을 택합니다. 물론 부부가 같이 들어갈 수도 있고, 아내가 원하지 않으면 그녀가 평생 생활할 수 있는 돈을 벌어서 그녀에게 주기도 합니다.

넷째, 그러나 힌두교는 여기서 한 번 더 전진해야 된다고 말합니다. 그것은 바로 시장 바닥에 있어도 좋고, 산 속에 있어도 좋은 방랑승의 단계입니다. 마치 히말리아 산을 마음대로 떠돌아다니는 백조와도 같이, 이제 방랑승은 장소와 시간의 제약을 받지 않습니다. 물론 그는 가정으로 다시 돌아올 수도 있습니다. 그러나 그는 전혀 새로운 사람이 된 것입니다. 지금까지 그는 어떻게 경제적으로 여생을 풍요롭게 보낼 것인가를 걱정해 왔습니다. 그러나 이제 그는 경제 자체에 아무런 미련이 없습니다. 오직 브라만인 큰 자아만이 문제가 됩니다.

이제 방랑자의 소원은 '어떤 사람이 되는 것'의 정반대가 된다. 겉으로는 모든 사람들과 광범위하게 연결되어 있으면서도, 그는 완전한 비실재(a complete nonentity)로 남는다. 어떻게 그가 다시 한 개인으로 분장하여 배우의 마스크를 내적 자아의 순수성과 빛을 은폐시키는 이중성·채색·오명으로 자신을 다시 회복하겠는가. 그는 모든 것으로부터 자유롭다. 그리고 이런 최고의 완전 자유에 꼭 맞는 실제적인 삶은 집 없는 탁발승의 삶이다.

일반 사람들은 늙은 다음의 경제적 독립(economic independence)을 추구한다. 그러나 방랑자는 경제로부터의 독립(independent of economics)을 추구한다. 이 세상의 어떤 장소에도 집착하지 않고, 어떤 의무와 목표와 소속감에도 집착하지 않음으로써 육체에 대한 기대는 모두 사라지게 된다. 사회적 권리도 거기로부터 싹이 나와서 방해할 아무런 토양을 갖지 않는다. 손에 탁발을 들고, 한때 자신을 주인으로 섬겼던 사람의 뒷문에 서 있는 방랑자에게는 아무런 자존심도 남아 있지 않다. 그는 꼭 그렇게 할 것이다.[4]

공자의 가르침과 마찬가지로, 힌두교의 인생 사이클도 단계적인 개념입니다. 첫 번째와 두 번째 단계를 거치지 않은 사람은 절대로 그 이후의 단계로 진입할 수 없습니다.

그러나 우리는 여기서 힌두교의 독특한 사상에 주목할 필요가 있습니다. 우선 가장家長의 단계에서 성공하려고 그처럼 애쓰는 이유는, 그가 이 단계에서 축적한 재산을 끝까지 움켜쥐기 위한 것이 아니라 버리기 위한 것입니다. 모든 사람은 버리기 위해 일하고 모으고 씁니다. 소유가 목적이 아니라 포기가 목적입니다. 그러면서도 그는 가장의 단계에서 가장 성공한 사람이 되어야 합니다. 성공하지 못한 사람은 버릴 것도 없을 것이며, 그래서 훌륭한 중년의 시기를 잘 보내지 못한 사람은 절대로 은퇴자의 단계로 들어갈 수 없습니다.

힌두교의 또 다른 특색은 은퇴자의 단계를 지나 탁발승으로 사는 방랑승의 단계를 행복의 절정으로 본다는 것입니다. 버린다는 것은 굉장히 중요합니다. 그러나 삶은 그대로 지속되어야 하는 것입니다. 삶이란 포기될 수 있는 것이 아니라 오직 더욱 풍요롭게 될 수 있을 뿐입니다. 그러나 인생 사이클의 마지막 단계의 삶은 죽은 듯이 사는 것이며, 산 듯이 죽은 것입니다. 아무런 집착도 없이 주는 대로 먹고, 주는 대로 입고, 주는 대로 사는 무사무욕의 삶, 그것이 바로 절정의 행복이라는 것입니다.

우리는 반성해야 합니다. 현재 나는 인생의 어느 사이클에 있는가. 혹시 그 사이클에서 뒤처져 있는 것은 아닌가. 은퇴자의 시기에 있으면서도 여전히 출세하려고 발버둥치는 인생의 패배자는 아닐까. 나이는 이미 불유구의 시기인데도 아직 불혹의 경지에도 이르지 못한 것은 아닐까.

현재의 나이가 가장 중요하다

나이에 대하여 가장 자주 벌어지는 토론 주제는 바로 어느 나이가 가장 좋으냐는 것입니다. 누구는 이팔청춘 16세라고 하고, 누구는 인생의 맛을 알게 되는 40대라고 합니다. 그래서 우리는 흔히 자신이 아직 20대 또는 30대라고 큰소리치기도 하고, 노인들은 젊은이들을 향해 "너희가 인생을 어찌 알겠느냐?"고 다그치기도 합니다.

이 문제에 대하여 대부분의 사람들은 젊으면 젊을수록 좋다고 말합니다. 젊음은 단지 젊다는 그 한 가지 사실만으로도 가장 아름다운 시기라는 것입니다. 꽃과 봄과 젊음을 노래한 수필가 금아 피천득은 「봄」에서 이렇게 말합니다.

나이를 먹으면 젊었을 때의 초조와 번뇌를 해탈하고, 마음이 가라 앉는다고 한다. 이 '마음의 안정'이라는 것은 무기력으로부터 오는 모든 사물에 대한 무관심을 말하는 것이다. 무디어진 지성과 둔해진 감수성에 대한 슬픈 위안의 말이다. 늙으면 플라톤도 '허수아비'가 되는 것이다. 아무리 높은 지혜도 젊음만은 못하다.

"인생은 사십부터"라는 말은 사실 "인생은 사십까지"라는 말이다. 다른 것은 몰라도 내가 읽은 소설의 주인공들은 구십삼 퍼센트가 사십 미만의 인물들이다. 그러니 사십부터는 여생餘生인가 한다. 사십 년이라면 인생은 짧다. 그러나 생각을 다시 하면, 그리 짧은 편도 아니다.[5]

서양철학의 이단아 쇼펜하우어의 의견도 금아와 정확히 일치합니다. "인생의 처음 40년은 본문本文 그 자체며, 그 후의 30년은 본문의 참뜻과 맥락 그리고 본문에 포함되어 있는 교훈과 묘미를 바로 이해하도록 도와주는 해설서다."[6] 그러면서 쇼펜하우어는 그 이유를 이렇게 설명합니다.

죽음은 산 저편 기슭에 있으므로, 산에 오를 때는 죽음의 모습이 보이지 않는다. 이렇게 죽음이 보이지 않는다는 점이 바로 인생이라는 산을 오르는 청년기를 명랑하고 활력이 넘치게 만드는 부분적인 이유가 된다. 그러나 일단 산꼭대기에 이르면, 그때까지 말로만 듣던 죽음을 실제로 보게 되며, 그 나이를 정점으로 하여 그 후부터는 서서히 생명력이 감퇴된다. 젊은 사람의 입장에서 보면 인생은 무한히 긴 미래며, 노인의 입장에서 보면 인생은 극히 짧은 과거다.[7]

피천득의 수필은 '청춘예찬'으로 상징되는데, 실제로 피천득은 아주 노인이 되어서도 청춘으로 살고 있습니다. 그래서 그는 평소에 "젊음은 언제나 한결같이 아름답다"거나 "민들레와 바이올렛이 피고, 진달래와 개나리가 피고, 복숭아꽃과 살구꽃 그리고 라일락과 사향장미가 연달아 피는 봄이 사십을 넘은 사람에게도 온다는 것은 참으로 다행한 것이다"라고 말합니다.[8]

그러나 이런 피천득도 노경에 이르러서는 자신의 견해를 약간 수정합니다. 물론 그는 "나는 노경이 인생의 정상頂上이라고는 생각지 아니한다"고 말하면서도, 다른 한편으로는 「송년」에서 "그렇다고 시인 예이츠와 같이, 사람이 늙으면 허수아비라고도 생각지 않는다"고 한 발짝 양보합니다.[9]

"인생은 사십부터"라는 말을 고쳐서 "인생은 사십까지"라고 하여 어떤 여인의 가슴을 아프게 한 일이 있다. 지금 생각해보면 인생은 사십부터도 아니요, 사십까지도 아니다. 어느 나이고 다 살만하다.[10]

왜 피천득은 노경에 들어와서 이렇게 자신의 견해를 스스로 변경시켰을까요? 그것은 그가 젊었을 때는 나이듦과 늙음은 동일한 것이며, 늙음은 나쁜 것이기 때문에 나이듦 자체를 비하했던 것이 아닐까요? 피천득은 그 이유를 이렇게 설명합니다.

> 젊어, 열정에다 몸과 마음을 태우는 것과 같이 좋은 게 있으리요마는, 애욕·번뇌·실망에서 해탈되는 것도 적지 않은 축복이다. 기쁨과 슬픔을 많이 겪은 뒤에 맑고 침착한 눈으로 인생을 관조하는 것도 좋은 일이다. 여기에 회상이니 추억이니 하는 것을 계산에 넣으면 늙음도 괜찮다. 그리고 오래오래 살면서 신문에서 가지가지의 신기하고 해괴한 일을 보는 것도 재미있다. 그러므로 나는 '일입청산만사휴一入靑山萬事休'라는 글귀를 싫어한다.[11]

피천득의 청춘예찬론을 따라가다 보면, 늙은이가 할 수 있는 일은 그저 '마지막을 장식할 생각'뿐인 듯이 보이는데, 몽테뉴는 그의 『수상록』에서 이런 심정을 다음과 같이 표현합니다. "나는 이제 일 년이 넘는 계획을 세우지 않는다. 나는 마지막을 장식할 생각만 한다. 나는 새로운 희망을 갖지 않으며, 새로운 일을 시작하지 않는다. 나는 내가 떠나려는 모든 장소에 마지막 작별을 고한다. 그리고 나는 날마다 나의 소유물을 버린다."[12]

물론 노인의 이런 태도는 노욕老慾의 허영심을 초탈한 경지일 수 있습니다. 그러나 이런 태도도 근본적으로는 (다시 피천득의 표현을 빌리면) '모든 사물에 대한 무관심'에서 오는 것이라는 사실을 숨길 수는 없을 것입니다. 뭐니뭐니해도 늙음은 젊음을 뛰어넘을 수 없습니다.

그러나 다른 한 편으로 사람들은 아직도 '노인의 지혜'를 말하고, 성서는 더욱 적극적으로 '백발의 영광'을 말합니다. 젊은 시절의 격정적인 감정에서 벗어나 인생을 여유 있게 관조하는 사람의 한 마디 한 마디가 깜깜한 이 세상에 등불이 된다는 것입니다. 우리가 이 마당에서 간단히 고찰해 본 공자나 힌두교인의 가르침이 바로 그것입니다.

결국 청춘예찬론을 그렇게 소리 높이 외쳐대던 피천득도 「토요일」에서는 늙으면서 더욱 젊어지는 것을 느낀다고 말하며, 더 나아가서 종착은 동시에 시작이라고 말합니다.

내 이미 늙었으나, 아낌없이 현재를 재촉하여 미래를 기다린다. 달력을 한 장 뜯을 때마다 늙어지면서도 나는 젊어지는 것을 느낀다. 달력에 그려 있는 새로운 그림도 나를 청신하게 한다.[13]

종착은 동시에 시발이다. 이 해가 가기 전에 새 해는 오는 것이다. 또 한 해의 꽃들이, 또 한 해의 보드랍고 윤기 있는 나뭇잎들이, 또 한 해의 정다운 찻잔, 웃음, 죄 없는 얘기가 우리 앞에 있다. 겨울이 오면 봄이 멀겠는가?[14]

마침 외신은 얼굴에 주름이 가득한 96세 할머니가 세계적 화장품 회사의 간판 품목인 도브의 '새 얼굴'로 낙점되었다고 보도했습니다. 그녀는 뉴욕에 있는 타임스 스퀘어의 21미터짜리 옥외 광고물에서 첫선을 보인 아이린 싱클레어라는 여성인데, 그녀는 포스터에서 이런 질문을 던졌다고 합니다. "나이 든 것이 아름다울 수도 있다는 사실을 이 사회가 받아들일까요?" 아마도 쉽게 받아들이지는 않겠지요.

그래서 현재 이 파격적인 광고에 대해서도 의견이 분분합니다. 한 쪽에서는 "소비자들조차 감히 말하지 못하던 것을 있는 그대로의 진짜 아름다움으로 보여 주었다"고 말하지만, 다른 쪽에서는 노인의 상품화일 뿐이라고 일축하고 있습니다.

그러나 중요한 것은 이런 파격破格이 이미 시작되었고, 이미 시작된 파격은 언젠가는 정격正格으로 자리잡을 수도 있다는 사실입니다. 시작이 절반이니까요. 더구나 이 파격은 젊음의 아름다움과 늙음의 추함을 동양 사회보다 더욱 강조하는 서양 사회에서 나온 것입니다.

이제 우리는 어느 나이가 가장 좋은가 라는 질문에 당당히 답변할 수 있어야 할 것입니다. 현재 나의 나이가 가장 좋다고. 젊다고 무조건 좋은 것은 아니며, 나이 들었다고 무조건 나쁜 것도 아닙니다. 나이 든 사람 중에도 젊은 사람이 있고, 나이 들지 않은 사람 중에도 늙은 사람이 있습니다. 다시 말하지만 나이듦과 늙음은 절대로 정비례하지 않습니다. 다만 우리가 죽음까지도 미리 예견하고 준비한다면 말입니다.

어느 문필가는 40세가 지난 사람은 자신의 얼굴에 책임을 져야 한다고 말했습니다. 그러나 만약 여기서 말하는 얼굴에 대한 책임이 단순히 육체적인 것이라면, 우리는 간단한 성형 수술로 우리 나이보다 젊게 보이는 얼굴을 만들 수 있습니다.

그러나 모든 사람은 얼굴이 아니라 자신의 나이에 책임을 져야 합니다. 이제 우리는 자신의 현재 나이 값을 해야 할 것이며, 그러기 위해서는 우선 자신의 현재 나이를 진정 사랑할 수 있어야 할 것입니다.

노욕은
어디서 오는가

나이에 대하여 자주 토론하는 또 다른 문제는 바로 육체 연령과 정신 연령의 차이입니다. 나이가 들어도 철부지 어린애와 같을 수도 있고, 아직 어려도 어른스러운 청소년을 쉽게 만날 수 있기 때문입니다.

생각해 보면, 인간의 모든 문제는 바로 육체 연령과 정신 연령의 차이에서 오는 것입니다. 육체 연령은 모든 사람에게 공평합니다. 떡국을 두 그릇 먹었다고 해서 1년에 두 살을 먹는 것은 아닙니다.

시간은 무자비할 정도로 모든 사람에게 공평합니다. 단지 그 동일한 시간을 아주 길게 받아들이기도 하고 일각이 여삼추인 것으로 받아들이기도 하는 것입니다. 다시 말해서, 육체 연령과 정신 연령은 서로 다를 수 있습니다.

우리는 육체 연령은 높아도 정신 연령이 낮은 사람을 '철없는 사람'이라고 부릅니다. 국어사전은 '철'을 '사리를 분별할 줄 아는 힘'으로 규정합니다. 그래서 철이 난다는 것은 앞과 뒤, 지금과 나중의 차례를 알게 된다는 뜻입니다. 철은 계절의 철을 아는 것과 같습니다. 봄에 할 일이 있고, 가을에 할 일이 있습니다.

그래서 철학과를 지원한 학생들 사이에는 예부터 이런 농담이 있습니다. "우리는 철들기 위해 철학과에 왔다. 그러나 영문과 학생들보다는 우리가 낫다. 그들은 영문도 모르고 영문과로 왔을 테니까."

그런데 철이 난다는 것, 앞뒤를 안다는 것, 사리를 분별할 줄 안다는 것이 어디 그리 쉬운 일입니까. 그래서 우리 속담에는 "철들자 망령난다"는 말이 있습니다.

물론 이 말은 모든 일에서 때를 놓치지 말라는 뜻을 가지고 있지만, 또 다른 편으로 보면 철들기가 그만치 어렵다는 뜻이 되겠지요. 하여간 우리는 나이 드는 것과 철든다는 것은 전혀 별개의 문제라는 사실을 명심해야 할 것입니다.

우리는 아주 늙어서도 철이 들지 않은 사람을 노욕老慾에 사로잡힌 사람이라고 합니다. 가만히 보면, 정말 그런 사람들이 우리 주위에 너무나 많습니다. 죽을 날이 낼 모래인데도 돈을 벌고 명예를 얻으려고 동분서주하는 사람들이 얼마나 많습니까.

나는 일산에 있는 정발산을 오르다가, 뇌졸중으로 세 번이나 쓰러져서 겨우 겨우 발길을 옮기는 60대 노인을 만난 일이 있습니다. 추운 날씨에도 불구하고 얼굴에는 땀방울이 송송 맺혀 있었습니다. 그는 내게 이렇게 푸념을 했습니다.

"참으로 인간은 어리석은 존재입니다. 저는 열심히 일하다가 40대에 쓰러진 일이 있습니다. 사흘간 병원에 입원을 했지요. 그러면 나는 병원에서 나온 다음에는 일도 좀 줄이고 운동도 하면서 살아야 되는데, 욕심이 앞을 가렸습니다. 그래서 더욱 열심히 일했습니다. 그러다가 50대에 또 쓰러졌습니다. 이번에는 거의 스무 날을 병원에서 보냈으며, 나와서도 오랫동안 한방 치료를 했습니다. 이 정도면 깨달아야 했겠지요. 그러나 나는 너무나 미련하게도 또 다시 뛰기 시작했습니다. 이번에는 여생이 얼마 남지 않았다는 생각에서 더욱 열심히 달려왔습니다. 그러다가 61세 때 또 쓰러졌습니다. 이제 저는 아무 일도 못할 정도의 폐인이 되었습니다. 한 발자국 걷는 것도 어렵습니다. 참으로 나는 미련한 사람입니다."

참으로 불쌍한 사람입니다. 두 번의 경고를 무시하다가 결국 쓰러지고 말다니. 그러나 우리는 여기서 바로 내가 그런 사람이 아닌가 하고 심각하게 고려해야 할 것입니다. 이미 나는 얼마나 여러 번 죽을 고비를 넘겼던가. 그래도 나는 아직도 욕심에 사로

잡혀서 빨리 철이 들어야 한다는 신호를 외면하고 있는 것은 아닐까.

특히 노욕에 사로잡힌 대부분의 사람들은 단순히 가정의 생계비를 벌려고 발버둥치는 사람들이 아닙니다. 그들은 먹고사는 일을 걱정하지 않을 정도의 경제력을 가지고 있고, 아들딸들도 모두 출세한 사람들입니다. 그리고 그가 지금까지 쌓아온 이미지는 국민들의 존경심을 유발하고 있습니다. 그런 사람들이 죽기 전에 더 높은 자리에 올라가려고 명예욕을 버리지 못하고 있습니다.

왜 이런 사람들이 우리 사회에 그리 많을까요. 그들은 무엇이 부족해서 더 높은 자리에 올라가려고 한심한 짓거리를 하고 있을까요. 나는 그 이유를 이렇게 생각합니다. 젊어서는 할 수 있는 일들이 얼마든지 있습니다. 연애도 할 수 있고, 공부도 할 수 있고, 새로운 친구도 사귈 수 있습니다.

그러나 늙으면 이 모든 것이 불가능하게 됩니다. 그가 할 수 있는 유일한 길은 명예를 탐내는 길입니다. 다시 말해서, 그가 할 수 있는 길이 그것뿐이어서 그는 노욕에 사로잡히게 되는 것입니다. 영원히 철들지 않는 사람, 그가 바로 노욕의 주인공입니다.

마무리하는 글

젊은이는 쉽게 감동합니다. 슬픈 영화를 보면 눈물을 펑펑 흘리고, 개그맨의 농담을 듣고는 배꼽을 잡고 웃음을 터뜨립니다. 그러나 늙으면 쉽게 감동하지 않는 무감각한 존재가 됩니다. 특별한 호기심이나 고민도 없습니다.

젊은이는 무조건 행동으로 뛰어드는 경향이 있습니다. 어느 경우에는 그 일의 승패조차 생각지 않고 뛰어들 정도의 열정을 가지고 있습니다. 그러나 늙으면 모든 시작이 두렵기만 합니다. 텔레비전에 소개되는, 다시 시작한 수많은 사람들의 성공담도 남의 이야기일 뿐입니다. 자신이 없는 것입니다.

끝으로 젊은이는 어떤 경우에도 희망을 잃지 않습니다. 그는 태양 뒤에는 언제나 해가 빛난다는 사실을 굳게 믿고 살아갑니다. 늙으면 모든 희망이 사라지고 죽을 날만 기다리는 한심한 사람이 됩니다. 그래서 김홍호는 젊음을 이렇게 예찬합니다.

매력은 젊음에 있다. 젊음처럼 좋은 것은 없다. 생명이 약동하기 때문이다. 그것은 아름다움 자체다. 젊음은 구태여 더 아름답게 하려고 노력할 필요가 없다. 그 속에 이미 아름다움이 있기 때문이다. 더 아름답게 하지 않아도 그대로 아름다운 것이 젊음이다. 더 좋아지려고 하지 않아도 그대로 좋은 것이 젊음이다. 더 참되려고 하지 않아도 그대로 참된 것이 젊음이다. 더 깨끗하게 하지 않아도 그대로 깨끗한 것이 젊음이다. 늙으면 사람은 미워진다. 늙으면 사람은 더러워진다. 늙으면 사람은 체면을 차리게 된다. 늙으면 사람은 굳어진다. 그것은 죽음에 가까워지기 때문이다.

사람은 언제나 젊어져야 한다. 젊은 사람은 그대로 영원한 생명이지만, 늙은 사람은 시간에 사로잡힌다. 시간은 때요, 때는 더럽다. 때는 거짓이며, 허무하고 그른 것이다. 사람은 때를 씻어버리고 언제나 젊어야 한다. 언제나 깨끗하고, 언제나 참되고, 언제나 아름답고, 언제나 좋은 것이 젊음이다. 젊음에는 고집이 없다. 젊음에는 언제나 다시 해보는 여유가 있다. 젊음은 영원하다. 그것은 아직도 부드럽기 때문이다. 젊음은 언제나 배우려고 한다. 젊음은 언제나 욕심이 없다. 젊음은 언제나 공功을 원하지 않는다.

사람은 누구나 젊음을 좋아한다. 그리고 언제나 젊어지고자 한다. 젊음이 모인 곳이 천국이요. 젊음이 사는 곳이 낙원이다. 젊음은 언제나 기쁘고 젊음은 언제나 즐겁다. 그러므로 사람은 언제나 젊어지기를 원한다. 세상에 젊음처럼 강한 것은 없다. 세상의 모든 노력은 젊어지기 위한 것이다. 세상에 가장 귀한 것이 있다면 젊음뿐이다. 젊음은 영원한 생명이다.[15]

이렇게 보면, 우리는 공자야말로 만년 청춘이라고 볼 수 있습니다. 그는 사사로운 뜻을 가지고 있지 않았으며, 꼭 해야겠다는 마음을 가지고 있지 않았으며, 고집이 없었으며, 이기심이 없었기 때문입니다. 즉 그는 삶의 '유연성'을 잃지 않고 있었습니다.[16]

그러나 대부분의 보통사람들은 나이가 들면 미워지게 마련입니다. 이것은 어쩔 수 없는 현상입니다. 나이가 들지 않는 사람이 어디 있겠습니까. 아무도 나이 들지 않을 수는 없습니다. 그러나 우리는 늙지 않을 수는 있습니다. 죽을 때까지 늙지 않을 수 있습니다. 여기에 바로 나이듦과 늙음과 죽음의 변증법이 있습니다.

인생은 한 권의 책이다

아름답게 나이 드는 여섯 가지 비결

모든 사람은 나이 들고 늙습니다. 그럼에도 우리는 이 문제를 의도적으로 외면하고 있습니다. 시몬느 보봐르가 사람들이 노년의 문제를 '부끄러운 비밀'로 간주한다고 비판하는 이유도 여기에 있습니다. 참으로 대한민국에서 노인으로 사는 사람들의 앞길은 험난합니다. 나이 들지 않을 수도 없고, 늙지 않을 수도 없고, 살지 않을 수도 없는 신세입니다. 화살같이 빠른 세월을 감히 누가 거역할 수 있겠습니까. 사실 나이 마흔이 넘으면 노인 될 날이 그리 멀지 않습니다. 머뭇거릴 시간이 별로 없습니다. 서둘러서 노년을 준비해야 합니다. 정말 주책바가지가 되지 않으려면 말입니다. 도대체 곱게 나이 드는 비결은 무엇일까요?

둘째 마당

아름답게 나이 드는 여섯 가지 비결

소언과 약언

곱게 나이 드는 첫째 비결은 되도록 말을 적게 하는 것입니다. 다언多言하지 말고 소언小言해야 합니다. 하지 말았어야 할 말들, 하고 나서 곧장 후회하는 말들, 해도 그만 안 해도 그만인 말들, 특히 남에게 상처를 주는 말들은 하지 말아야 합니다. 그래서 어떤 사람은 "노인의 입에는 말이 적어야 하고, 마음에는 일이 적어야 하고, 배에는 밥이 적어야 한다"고 말합니다.

실제로, 별로 중요하지도 않는 말을 쓸데없이 길고 장황하게 설명하고, 그것도 한 말을 몇 번씩 반복하는 것이 나이 들어가면서 심해지는 특성입니다. 물론 당사자들로서는 필요한 얘기라고 여기겠지만 젊은이들에게는 못 말리는 잔소리일 뿐입니다. 왜 나이 들어가면서 이처럼 말이 많아지는 걸까요?

첫째, 인간은 원래 언어적 동물(homo linguisticus)입니다. 말을 하지 않고는 살 수 없는 존재입니다. 그런데 직업 현장에서 떠나 있는 노인들은 좀처럼 말할 기회가 없을 뿐더러 가정에서도 소외되어 외롭기 그지없습니다. 그래서 기회만 생기면 끝없이 말을 쏟아놓게 마련입니다.

둘째, 살아온 날이 많을수록 할 말도 많게 마련입니다. 더구나 오늘날의 노인들은 궁핍한 시대를 헤쳐온 산업화의 주역들입니다. 가족의 생존을 위해 젊음을 불살라왔고, '아나바다 운동'이 일어나기 훨씬 이전부터 철저히 절약하면서 살았습니다. 그래서 다이어트에 돈을 들이고 웰빙을 외치는 세대에게 할 말이 많습니다. "음식을 남기는 것은 죄악"이라는 그들의 신앙은 "부른 배를 억지로 더 채우는 것은 건강을 해치는 짓"이라는 젊은이들의 계산과 정면으로 충돌합니다.

이런 노인의 입장에서 오늘의 젊은이들을 보면 정말 한심하기 짝이 없습니다. 실제로는 절대로 그렇지 않겠지만, 우선 그들은 열심히 일하지 않는 것 같아 보입니다. 그들은 절약도 하지 않으며, 집을 사기 전에 자가용부터 구입하고, 미래가 확실히 보장되어 있지 않아도 외국 여행은 꼭 떠나야 한다고 믿습니다. 기성세대의 입장에서는 상상조차 할 수 없으며, 그래서 나이 들면 말을 많이 할 수밖에 없는 것입니다.

그럼에도 우리가 정말 곱게 나이 들려면, 우선 말을 아껴야 합니다. 흔히 소식小食이 장수의 비결이라고 하지만, 소언小言이 곱게 나이 드는 첫째 비결입니다. 말을 많이 하는 노인은 '쉰 세대' 취급을 받을 것이며, 언젠가는 모든 사람이 떠나간 외로움을 혼자 견딜 수밖에 없게 될 것입니다.

말을 너무 많이 하면, 사람들은 그 말을 듣지 않으려고 하며, 더구나 똑같은 말의 반복은 듣는 사람의 역정만 솟구치게 할 뿐입니다. "웅변은 은이고 침묵은 금"이라는 격언은 영원한 진리입니다. '언어의 언어'보다는 '침묵의 언어'를 사용합시다.[17] 말을 적게 하고 실천을 많이 합시다(小言多行).[18]

그러면 우리는 어느 정도 말해야 될까요? 물론 그것은 상황에 따라서 다를 것이나, 여기에는 엄연한 원칙이 있습니다. 그것은 바로 두 사람이 있을 때는 대화 시간의 절반만 말하고, 세 사람이 있을 때는 삼분의 일만 말하고, 네 사람이 있을 때는 사분의 일만 말하라는 것입니다. 사람들은, 특히 노인들은, 이 상식적으로 명백한 원칙을 지키지 못해 '주책없는 노틀'이 됩니다. 자신의 입을 다스리지 못하는 사람이 어찌 다른 사람들을 충고할 수 있겠습니까? 조금 말하는 것이 곱게 나이 드는 가장 중요한 첫째 비결입니다.

더 나아가서, 곱게 나이 드는 비결은 꼭 필요할 때만 말을 할 뿐 아니라 그 말도 아주 낮게 속삭이듯이 해야 합니다. 소프라노의 높은음자리보다는 베이스의 낮은음자리가 더욱 효과적입니다. 한마디로 강언强言보다는 약언弱言, 고언高言보다는 저언低言을 해야 합니다.

부부 싸움을 할 때도 먼저 목소리를 높이는 사람은 일단 지고 들어가는 것입니다. 물론 젊은 시절에는 목소리 큰 사람이 이길 수도 있겠지요. 그러나 나이가 들면 들수록 점점 강언을 버리고 약언을 해야 합니다. 그래야 다른 사람이 당신의 말을 경청합니다.

그러나 노인들이 낮은 음으로 말한다는 것을 우선 생리적으로 굉장히 어려운 일입니다. 나이가 들면 청력聽力이 떨어지게 마련이며, 그래서 그들은 자연히 언성을 높여서 말할 수밖에 없습니다. 잘 들리지 않기 때문입니다.

그래서 서너 명의 노인들이 모여서 서로 말을 하면, 그들 귀에는 보통으로 들리겠지만 젊은이들의 귀에는 너무 시끄럽게 들릴 수밖에 없습니다. 그러므로 젊은이들이 옆에 있을 때, 노인들은 서로 대화를 삼가는 것이 좋습니다. 공연히 시끄럽다는 비판을 받을 필요는 없기 때문입니다.

더구나 요즘에는 거의 모든 노인들이 핸드폰을 차고 다닙니다. 그래서 시끄러운 전철역에서의 통화는 같이 탄 모든 사람이 들을 수 있을 정도가 되기도 합니다. "뭐라구? 야, 다시 말해 봐." 참으로 공해가 아닐 수 없습니다.

여기서 나는 나이 들면서 누구나 갖게 되는 한 가지 편견에 대하여 말씀드리겠습니다. 대부분의 사람들은 시력이 떨어지면 돋보기 쓰는 것을 당연하게 여깁니다. 그러면서도 보청기에 대해서는 대단한 편견을 가지고 있습니다. 자녀들이 언성이 높아진 늙은 부모에게 보청기라도 한 대 사서 주겠다고 하면, 그것을 감사하게 받기는커녕 도리어 벌컥 역정을 냅니다. "나를 늙은이 취급 하는 것이냐?"

참으로 이상한 편견입니다. 눈이 나쁘면 안경을 쓰고, 귀가 나쁘면 보청기를 끼는 것은 자연스런 일입니다. 그들 사이에는 아무런 차이점이 없습니다. 안경에 대한 너그러운 마음과 보청기에 대한 닫힌 마음 사이에는 아무런 차이가 없습니다.

다시 말하지만, 사람은 언어적 동물입니다. 그래서 어느 사람은 말을 잘 해서 칭찬을 받고, 다른 사람은 말을 잘 해서 욕을 먹기도 합니다. 또한 어느 사람은 말을 잘 못해서 욕을 먹고, 다른 사람은 말을 잘 못해서 칭찬을 받기도 합니다.

말이 사람의 값을 결정합니다. 그러나 더욱 중요한 것은 말이 아니라 실천입니다. 나이 들수록 말을 적게 그리고 낮게 하려고 노력해야 할 것입니다.

생각과 행동

곱게 나이 드는 둘째 비결은 되도록 생각을 많이 하는 것입니다. 인간은 원래 생각하는 동물(homo sapiens)입니다. 생각하지 않고는 살 수 없는 존재입니다. 물론 우리 주위에는 아무런 생각도 없이 그저 물결 흐르는 대로 살겠다고 말하는 사람이 없지 않습니다. 그러나 이런 삶도 그가 수없이 생각에 생각을 거듭한 결과로 얻은 결론일 뿐입니다.

동서양의 철학은 특히 인간의 생각하는 측면을 강조합니다. 그래서 동양철학의 아버지인 공자는 우리가 하루 세 번 반성해서 잘못된 것을 발견할 수 없으면 그가 바로 군자라고 말하는데, 여기서 말하는 반성이란 바로 깊은 생각입니다.

또한 서양 근대철학의 아버지인 데카르트는 아예 "나는 생각하기 때문에 존재한다"고 말합니다. 그리고 이보다 훨씬 이전에 아우구스티누스는 "나는 의심하기 때문에 존재한다"고 말하는데, 여기서 말하는 의심도 깊이 생각한다는 뜻입니다.

그러나 아마도 인간의 생각하는 측면을 가장 강조한 철학자로는 인간을 '생각하는 갈대'로 규정한 파스칼을 들 수 있습니다. 그는 우리가 손이 없는 사람, 발이 없는 사람은 쉽게 상상할 수 있어도 생각하는 머리가 없는 사람은 상상조차 할 수 없다고 말합니다. 그만치 생각은 인간의 본질이라는 뜻입니다.[19]

우리는 흔히 주위에서 고스톱을 치면 치매 예방이 된다는 말을 듣습니다. 물론 문자적으로 따져 보면, 이 말은 말도 되지 않는 헛말일 뿐입니다. 노인들에게 찾아오는 가장 무서운 병인 치매를, 육체와 정신을 동시에 망가뜨리는 치매를, 가끔 고스톱만 쳐서 예방할 수 있다면, 도대체 어떤 노인이 치매에 걸리겠습니까. 그러니까 고스톱만 치면 치매 예방이 된다는 말은 전혀 맞지 않습니다. 그러나 여기서 우리는 왜 이렇게 말도 되지 않는 말이 나왔느냐를 곰곰이 따져 보아야 합니다.

그 이유는 간단합니다. 모두가 알다시피, 고스톱을 치려면 좀 머리를 써서 생각을 해야 합니다. 상대방이 버린 끝발도 외우고 있어야 하고, 자신의 광을 팔아야 되는지 등을 생각해 보아야 합니다. 그러므로 고스톱으로 치매를 예방한다는 말은, 그만치 생각이 치매 예방이 된다는 뜻입니다. 사람은 죽을 때까지 계속 생각해야 합니다. 생각을 안 하면 큰일이 납니다. 이것이 정신 건강의 제1조가 됩니다.

「국화 옆에서」의 시인 서정주는 말년에 아침마다 세계의 산 이름 100개를 외우고 하루를 시작했다고 합니다. 그는 도대체 왜 이런 짓을 했을까요? 세계의 산 이름을 100개 외운다고 해서 밥이 생깁니까, 돈이 생깁니까. 그것은 이왕 이 세상에 사는 동안에는 계속 머리를 쓰고 생각을 해서 치매에 걸리지 않겠다는 소신에서 나온 행동이 아니겠습니까.

그러나 노인들이 어떤 문제에 대하여 깊고 넓게 생각한다는 것은 생리적으로 어려운 일입니다. 나를 포함한 모든 노인은 우선 생각하는 것을 귀찮게 여깁니다.

물론 치매라는 병은 생각하기 싫어하는 대부분의 노인들뿐 아니라 너무 생각을 많이 하는 소수의 노인들에게도 잘 찾아옵니다. 그래서 비공식 통계이기는 하지만, 서양에는 너무 생각을 많이 할 수밖에 없는 철학자들의 치매 발병률이 굉장히 높다는 것입니다. 아마도 이 글을 쓰는 노인도 그래서 치매에 걸릴 확률이 많을 것입니다. 그러나 대부분의 사람들은 너무 생각을 하지 않아서 치매에 걸리게 됩니다.

어느 며느리는 이렇게 말합니다. "우리 시부모님은 참 착하십니다. 아침에 일찍 일어나서 아무 말도 없이 조용히 앉아계시다가 아침상을 드리면 아무 말도 없이 뚝딱 드시고, 또 가만히 앉아 계시다가 점심상을 드리면 그렇게 하시고, 저녁때도 마찬가지입니다. 아무런 잔소리도 없고, 야단도 치지 않으십니다. 참 착하십니다.” 그러나 이것은 참으로 큰일입니다. 그것은 바로 생각 없는 삶이며, 생각 없는 삶이란 곧 죽음을 의미하며, 그래서 그 시부모님은 이미 산송장이기 때문입니다.

여기서 노인들은 이렇게 질문할 것입니다. “도대체 이 나이에 나더러 무슨 생각을 하란 말입니까? 아들딸들도 다 결혼해서 그럭저럭 살고 있고, 집안도 평안해서 그럭저럭 살 수 있는데요….” 이런 분들에게 나는 우리가 ‘이 나이에’ 생각해 볼 것이 너무 많다고 말하겠습니다.

주한 미군의 문제를 생각해 봅시다. 한 쪽에서는 미군이 모두 떠나야 한다고 말하고, 다른 쪽에서는 절대로 그렇게 되어서는 안 된다고 말합니다. 이것은 우리나라의 운명이 걸린 중요한 문제입니다. 우리 원로들이 이 중대한 문제에 대하여 아무런 생각도 하지 않는다면, 이 나라의 미래는 누가 책임질 것입니까?

우리는 쓰레기 같은 취급을 받아야 할 노인들이 아닙니다. 우리는 한강의 기적을 성취시킨 주역이었고, 지금은 이 나라의 원로입니다. 원로는 원로의 노릇을 해야 한다는 노블레스 오블리즈를 잊지 말아야 합니다. 우리가 꼭 생각해 보아야 할 것들은 우리 주위에 널려 있습니다. 그러나 정확히 말하면, 우리는 가정을 위해, 사회를 위해, 국가를 위해 생각하는 것이 아닙니다. 우리 자신의 정신 건강을 위해 생각해야 합니다. 이 사실을 잊지 마십시오. 생각을 놓는 순간, 우리는 이미 죽은 것입니다.

정녕 생각할 것이 없다고 믿는 분들에게 나는 다음과 같은 처방을 권해 드립니다. 우선 손자손녀들의 생년월일을 모두 외워 두십시오. 그랬다가 아들이나 딸이 찾아오면 "얘, 너의 둘째 놈 생일이 내일 모래일 것인데, 내가 작은 선물을 하나 샀으니 아이에게 주면서 할아버지가 샀다고 말하려무나"라고 말해 보십시오. 그러면 아들딸들은 참으로 감동받을 것입니다.

왜 오랫동안 생각을 하지 않으면 치매나 뇌졸중에 걸리게 될까요? 그 원리는 아주 간단합니다. 만약 우리가 어느 기계를 오랫동안 쓰지 않으면 그것이 제대로 돌아가지 않습니다.

이와 마찬가지로, 만약 우리가 너무 오랫동안 머리를 쓰지 않으면 머리를 쓰고 싶어도 쓸 수 없게 됩니다. 다만 기계는 녹을 닦고 기름칠을 해서 재생할 수 있지만, 한번 망가진 뇌는 절대로 회복될 수 없다는 차이가 있을 뿐입니다.

우리가 요즘 심장사뿐 아니라 뇌사까지 인정하고 있는 이유가 여기에 있습니다. 아무리 환자가 숨을 쉬고 영양분을 주사를 통해 받아들일 수 있어도, 일단 손상된 뇌는 절대로 재생될 수가 없기 때문입니다.

항상 머리를 쓰는 것은 슬기롭게 늙기 위한 필수 조건입니다. 고령기에는 정신 활동이 쇠퇴해 버린다는 이유는 전혀 없습니다.

그러나 대부분의 사람들은 나이가 많아짐과 함께 정신 활동이 둔화되어 주의력이 쇠퇴하고, 신변의 일이나 외부 사회의 일에 대한 흥미를 잃어갑니다. 경험이 없는 일에 대해서는 흥미를 느끼지 못하고, 사물에 대한 태도에는 유연성을 잃게 됩니다. 그러나 아무런 병도 없이 이와 같은 증상에 빠지는 것은 늙음 때문이 아니고, 오랜 세월 동안 줄곧 정신 활동이 빈약한 생활을 해온 데에 원인이 있습니다. 새롭게 어떤 일을 착수하거나 자극을 받거나 하는 일이 없으면, 머리의 기능도 무디어져 버립니다.

머리의 기능이 쇠퇴하지 않을 만한 노후 생활을 준비하는 것은 평생을 통한 과제입니다. 이를 위해서는 항상 지적 활동을 계속하고, 풍부한 정서를 기를 필요가 있습니다. 이런 지적 활동을 유지한다는 것은 노년기에 빠지기 쉬운 불안이나 우울증을 방지하는 일도 됩니다.[20]

다시 말하지만, 인간은 생각하는 동물입니다. 물론 개와 돼지도 생각하는 듯한 표정을 지으며, 도살장에 끌려가는 황소는 눈물을 흘린다고 합니다. 그러나 그것은 어디까지나 생각하는 듯한 표정일 뿐이며, 또한 백보를 양보해서 그들이 생각한다고 가정해도, 그것은 일차원적인 욕망 충족을 위한 생각일 뿐입니다. 오직 사람만이 가족·사회·국가·세계를 생각합니다. 이제 나이가 들수록 더욱 많이, 깊이, 넓게 생각하는 사람이 되려고 노력해야 할 것입니다.[21]

그러나 생각은 생각으로 남지 말고 실천으로 승화되어야 합니다. 생각을 위한 생각은 아예 아무런 생각도 하지 않는 것보다는 좋겠지만, 모든 생각은 실천을 위해 존재하는 것입니다.

서양에는 "행동하기 전에 두 번 생각하라"는 격언이 있는데, 이것은 생각 없는 행동을 경계하려는 것이며, 행동 자체를 반대하는 것은 아닙니다.

중요한 것은 행동입니다. 그러나 정상적으로 행동하려면, 우리는 먼저 정상적으로 생각해야 합니다.

생각을 많이 하는 것이 곱게 나이 드는 둘째 비결입니다.

건강과 운동

곱게 나이 드는 셋째 비결은 매일 규칙적으로 운동을 해서 죽을 때까지 건강을 유지하는 것입니다. 인간은 육체와 정신으로 구성되어 있으므로 육체와 정신 모두가 건강해야 합니다.

만약 어떤 사람이 육체는 비교적 건강하지만 정신이 오락가락한다고 합시다. 그는 절대로 건강한 사람이 아닙니다. 반대로 어떤 사람이 머리는 젊었던 시절과 마찬가지로 비상하지만 육체가 약해서 운신조차 못한다고 합시다. 그도 역시 건강한 사람은 아닙니다.

이런 농담이 있습니다. 어떤 사람이 몸은 늙었어도 마음은 청춘이라고 말했다고 합니다. 그야말로 아빠의 청춘이라는 것이지요. 그랬더니 그 말을 들은 사람은 이렇게 말했다고 합니다. "나는 정신은 늙었는데 몸이 너무 젊어서 문제라오." 그러나 이것은 어디까지나 농담일 뿐입니다. 몸의 건강과 마음의 건강은 언제나 비슷하게 진행되는 것입니다.

나는 이미 정신 건강을 위해서는 생각을 많이 해야 한다고 말했습니다. 그러나 정신 건강은 육체 건강이 동반될 때만 그 위력을 발휘할 수 있습니다. 건강한 육체가 건강한 정신을 만듭니다. 우리가 육체만 강조하는 모든 극단적 유물론과 정신만 강조하는 모든 극단적 유심론을 동시에 배척해야 되는 이유가 여기에 있습니다.

여기서 나는 모든 사람에게 해당되는 건강의 비방은 존재하지 않는다는 사실을 특별히 강조하고 싶습니다. 노인이 되면 마음이 약해져서 귀가 얇게 되기 쉽습니다. 엉터리 도사의 비방에 속지 마십시오. 우리가 흔히 잘 먹고, 잘 자고, 잘 싸면 건강하게 된다고 말하는 이유도 여기에 있습니다.

그러면 어떻게 해야 우리들의 육체 건강이 지속될 수 있을까요? 물론 이 문제는 각자의 육체적·정신적 성향에 따라 다를 수밖에 없으며, 일반적으로는 훌륭한 음식과 좋은 약을 섭취해야 되겠지요. 그러나 뭐니 뭐니 해도 건강에 가장 좋은 비방秘方은 바로 운동을 하는 것입니다. 운동이 최고의 비방입니다.

몸이 양호한 상태에 있다는 것은 몸을 용이하게 움직일 수 있는 상태를 말하는데, 여기에는 몇 가지 요소가 있습니다. 즉 몸을 마음먹은 대로 움직일 수 있는 체력과 내구력과 유연성, 그리고 몸의 움직임에 균형을 유지하는 조화성과 평형성 등입니다. 그리고 이런 상태를 유지하기 위해서는 끊임없는 노력이 필요합니다만, 그중에도 규칙적으로 운동하는 습관을 몸에 익혀 두면 아주 효과적입니다.[22]

그런데 육체 운동에는 모든 사람이 꼭 지켜야 할 두 가지 원칙이 있습니다. 각자의 체력에 맞게 해야 하며, 규칙적으로 해야 합니다. 이 두 가지를 좀 더 자세히 고찰해 봅시다.

첫째, 건강지수는 각자에 따라서 천차만별입니다. 그러므로 모든 사람은 자신의 체력에 맞는 운동을 해야 합니다. 뱁새가 황새를 따라가려고 하면, 크게 다칠 수 있습니다. 절대로 무리하게 운동하지 마십시오. 지나침은 가지 않는 것보다 나쁩니다.

예를 들어서, 나는 70세의 할아버지가 42킬로미터가 넘는 마라톤을 7번이나 완주했다는 기사를 읽은 일이 있습니다. 참으로 대단한 체력입니다. 그러나 나는 이제 죽을 때까지 마라톤을 완주할 수는 없을 것입니다.

만약 내가 한 번이라도 마라톤을 완주하려고 한다면, 나는 나의 생명을 재촉할 뿐입니다. 그러므로 같은 나이라도 마라톤을 완주하는 사람도 있고, 겨우 집 앞의 공원만 산책할 수도 있습니다.

절대로 욕심을 부리지 마십시오. 이것이 운동의 첫째 원칙입니다.

둘째, 운동은 꼭 규칙적으로―가능하면 매일―해야 합니다. 가끔 하려면 차라리 하지 않는 것이 좋습니다. 공연히 무리하면 안 하는 것보다 더욱 나쁠 수 있으며, 무리하지 않는다고 해도 가끔 해서는 아무런 효과를 얻을 수 없습니다. 일 년에 몇 번, 한 달에 한 번 하는 운동으로 어떻게 건강을 유지할 수 있겠습니까.

김영삼 전 대통령은 아침 조깅을 수십 년 동안 하루도 거르지 않았습니다. 이것은 그의 정치적 소신과는 관계없이 대단히 훌륭한 일입니다. 우리도 가끔 뛸 수는 있습니다. 그러나 비가 오나 눈이 오나 매일 뛰지 않으면 아무런 소용이 없습니다. 가능하면 매일 같은 시간에 운동을 하십시오. 마치 1년 365일을 매일 같은 시간에 산책했던 칸트처럼.

요즘 나는 매주 금요일에는 꼭 북한산에 오릅니다. 특별한 일이 있는 경우를 제외하고, 나는 지난 10여 년 동안 한 번도 산행을 거른 일이 없습니다. 다만, 반드시 백운대 정상까지 오르겠다고 고집하지는 않습니다. 그저 내 기력에 맞춰, 이북 오도청 쪽에서 비봉을 지나 사모바위까지만 올라갔다 내려오거나 대남문까지만 갑니다. 매번 거의 같은 코스지만 오를 때마다 경치가 다릅니다. 자연의 아름다움은 참으로 경이롭습니다. 이런 정기적인 산행山行이 나의 현재 삶에 산소를 공급하는 것입니다.

그러면 우리는 구체적으로 어떤 운동을 해야 할까요? 물론 이 문제도 사람에 따라 다를 수밖에 없을 것입니다. 공연히 다른 사람을 따라가려고 애쓰지 마십시오. 모든 사람은 우선 자신의 체력과 조건에 맞는 '나만의 운동'을 찾아야 합니다. 그것은 느릿느릿한 걷기가 될 수도 있고, 마라톤 경기가 될 수도 있습니다. 그것은 헬스 운동이 될 수도 있고, 골프가 될 수도 있습니다.

여기서 나는 모든 사람이 할 수 있는 가장 안전하고 가장 효과적인 운동 한 가지를 소개하겠습니다. 그것은 바로 매일 자신이 살고 있는 동네를 한 바퀴 걷는 것입니다. 절대로 처음부터 빨리 걸으려고 하지 마십시오. 그저 평소의 걸음으로 그냥 걸으십시오. 이렇게 매일 일주일 정도 걸으면 자연히 조금 빨리 걷게 됩니다. 그리고 걷기를 하려면 매일 하십시오. 1년 365일 비가 오나 눈이 오나 걸어야 합니다. 그래야 효과가 있습니다. 무리하지 않으면서 정기적으로 하는 운동이어야 합니다. 사람들은 나이 들면서 점점 여가는 많아지는데도 운동을 하지 않습니다. 참으로 슬픈 일입니다.

그런데 왜 사람들은 나이 들면서 점점 운동을 하지 않게 될까요? 물론 그 중에는 몸이 너무 쇠약하여 움직이지도 못하는 사람도 있을 것이며, 선천성 장기 질환에 고통받는 사람도 있을 것입니다. 그러나 열심히 운동할 수 있는 사람이 전혀 운동을 하지 않기도 합니다. 평소에 운동의 필요성을 느끼지 못하고 있기 때문입니다. 그러나 우리는 여기서 "건강은 건강할 때 지켜야 한다"는 원칙을 잊지 말아야 합니다.

우선 모든 사람은 자신도 건강하게 될 수 있다는 강력한 의지를 가지고 있어야 합니다. 어렸을 때 밥을 제대로 먹지 못해 허약할 수밖에 없다거나, 부모로부터 허약 체질을 받고 태어나서 어쩔 수 없다고 미리 포기하지 말아야 합니다. 의지가 없는 사람은 어떤 것도 성취할 수 없습니다.

좀 다른 얘기가 되겠지만, 세기의 문호인 톨스토이는 "그림자가 있는 곳에 빛이 있다"고 말했습니다. 비록 지금 조금 허약해도 빛이 있다는 강력한 의지를 가지고 꾸준히 노력하는 사람에게는 꼭 건강이 찾아올 것입니다.

그래서 김흥호는 건강하려는 사람은 "나는 자연이다"라고 생각해야 한다고 말합니다.

건강처럼 필요한 것은 없다. 건강한 정신을 가지면 무심無心할 수가 있고 건강한 육체를 가지면 무사無事할 수가 있다. 건강을 회복하는 것이 인생의 일대사다. 건강을 놓치면 어디나 지옥이요, 건강을 얻으면 언제나 천국이다. 건강 밖의 다른 것을 보물로 삼으면, 도둑을 보고 아들이라고 하는 것과 마찬가지다. 건강의 행복을 알지 못하고 다른 데서 행복을 찾는 사람은 일생 행복을 바랄 수가 없다. 건강한 정신은 무욕에서 오고, 건강한 육체는 해탈에서 온다. 옷을 벗고 물 속에 들어가 목욕을 하듯이, 자연과 하나가 된 사람이 건강한 사람이다.

자연에는 병도 없고 죽음도 없다. 자연과 하나가 된 사람은 자연을 밖에서 찾지 않는다. 밖에서 찾지 않는 마음이 그대로 자연이다. 자연은 내가 자연이지, 나 밖에 따로 자연이 있는 것이 아니다. 내 몸이 자연이요, 내 마음이 자연이다. 욕심 없는 곳이 자연이요, 병든 육체가 없는 곳이 자연이다. 텅 빈 하늘에 뜬 태양이 한없이 넘치는 빛을 발하는 것이 자연이다. 넘치고 넘쳐도 끝없이 빛나는 진리의 샘, 퍼내고 퍼내도 계속 솟구치는 생명의 샘, 자연은 그대로 진리와 생명이다.[23)]

대부분의 사람들은 운동이란 노인이 아니라 젊은이가 해야 하는 것으로 생각합니다. 그러나 실제로 젊었을 때는 특별히 운동을 하지 않아도 그럭저럭 견딜 수 있습니다. 오히려 정기적인 운동은 나이 든 사람에게 꼭 필요합니다. 나도 젊었을 때는 다른 일을 다 하고 시간이 남으면 운동을 했습니다. 그러나 지금은 운동을 먼저 하고 시간이 남으면 책을 읽습니다. 그만치 육체 건강이 곱게 나이 드는 중요한 비결이라는 뜻입니다. 생각해 보십시오. 이 글을 쓰는 내가 사지를 움직일 수 없을 정도로 육체가 허약하다면, 나의 머리 속에 있는 모든 지식을 어떻게 이용할 수 있겠습니까. 내가 내 육신을 자유롭게 움직일 수 있기 때문에 초청 강연도 다니고 텔레비전에도 출연할 수 있지 않습니까.

다시 말하지만 사람은 육체와 정신으로 구성되어 있습니다. 그러므로 우리는 정신을 위해 생각을 해야 하며, 육체를 위해 운동을 해야 합니다. 나이가 들수록 한쪽으로만 치우치지 말고, 양쪽 모두 균형을 취해야 할 것입니다.[24]

봉사의 기쁨

곱게 나이 드는 넷째 비결은 봉사의 삶을 영위하는 것입니다. 우선 사람은 사회적 동물입니다. 모듬살이를 할 수밖에 없는 관계적 존재입니다.

불교에서 "이것이 있으니 저것이 있고, 저것이 있으니 이것이 있다"는 연기설緣起說을 주장하는 이유가 여기에 있습니다. 또한 공자가 난세를 피해 은둔자로 살고 있는 사람들의 비아냥에 대하여, 모든 사람은 사람을 떠나 금수와 더불어 살 수 없다고 답변한 이유가 여기에 있습니다. 그리고 하이데거가 인간을 '세계 내 존재'로 규정한 이유도 역시 여기에 있습니다.

물론 여러 사람들과 어울려 사는 것이 항상 즐거운 것은 아닙니다. 그래서 불교에는 원증회고怨憎會苦라는 말이 있습니다. 원망하고 증오하면서도 보기 싫은 사람들과 어울려서 살 수밖에 없는 것이 인간의 8가지 고통 가운데 하나라는 것입니다. 분명히 우리는 사람들과 부딪치면서 수많은 상처를 입게 되며, 어느 경우에는 그를 죽이고 싶을 정도로 증오하게 되기도 합니다.

그러나 모든 만남이 이렇게 끝나는 것은 아닙니다. 다만 우리들의 관계가—말틴 부버의 표현을 빌리면— '나와 그것'의 관계인지 또는 '나와 너'의 관계인지에 따라서, 우리들의 만남은 한없는 즐거움이 될 수도 있고 한없는 괴로움이 될 수도 있습니다. 봉사는 바로 이런 '나와 너'의 관계 중에서도 가장 높은 단계의 삶이 됩니다.

이미 말했듯이, 우리 노인들은 정말 열심히 그리고 절약하면서 살았습니다. 요즘의 신세대가 어찌 우리 노인들의 치열했던 삶을 모두 이해할 수 있겠습니까. 그러나 여기서 우리는 고요히 생각해 봅시다. 우리는 지금까지 누구를 위해 이렇게 열심히 살았습니까. 바로 나와 나의 가족입니다.

솔직히 말해서 우리가 젊었을 때는 다른 사람들을 위해 신경을 쓸 수조차 없었습니다. 내 코가 석자나 빠져 있는 상황에서 어찌 다른 사람들의 생존이나 행복을 생각할 수 있겠습니까. 우선 내가 살고, 내 가족이 살아야 합니다. 그래야 공자도 있고 소크라테스도 있는 것입니다.

이렇게 본다면, 오늘날 대부분의 노인들은 아직 한 번도 남을 위한 봉사의 삶을 영위하지 못한 사람들입니다. 참으로 불행한 사람들이 아닐 수 없습니다. 왜 그럴까요?

그 이유는 간단합니다. 봉사는 행복의 극치입니다. 사람에게는 여러 가지 행복이 있습니다. 부자가 된 행복도 있고, 출세한 행복도 있고, 풍부한 지식을 얻은 행복도 있습니다.

그러나 이 세상에서 가장 훌륭한 행복은 바로 남에 대한 봉사에서 얻는 것입니다. 이것은 직접 실천해 본 사람들만이 알 수 있는 행복입니다. 사람은 남을 도와주는 봉사를 통해 삶에 대한 희열을 느끼고, 무한한 엔돌핀을 얻을 수 있습니다. 우리 노인들은 이제 이런 기쁨을 맛볼 수 있습니다. 우리는 그 내용을 다음과 같이 정리할 수 있습니다.

① 다른 사람을 위해 노력하는 것은 자기가 필요한 존재가 되어 있다는 만족감을 가져다줍니다. 아침에 일어나서 집을 나서는 이유를 거기서 발견할 수가 있습니다.

② 곤란에 처해 있는 사람에게 힘이 되어 주면, 자기 문제에만 얽매어 있지 않게 됩니다.

③ 어떤 점(건강상 또는 경제적·사회적 의미)에서는 자기보다 불우한 사람들과 접촉함으로써, 자기가 복 받은 점을 깨닫게 될 수 있습니다.

④ 언제나 누군가와 함께 있어서, 다른 사람으로부터 자극을 받을
수 있다는 안도감이 샘솟게 됩니다.

⑤ 지역 사회에서의 자기 존재를 잊지 않을 수 있습니다.

⑥ 다른 사람들로부터 인정받는다는 것은 정신 위생상 좋습니다.

⑦ 때때로 봉사는 신체적으로나 정신적으로나 정서적으로나 자
신의 건전성을 유지할 수 있습니다.[25]

일반적으로 노인은 죽기 전에 평균 12년 동안 만성 질환으로
고통을 받으며, 그래서 미국의 경우에는 노인의 11.3퍼센트가 심
한 우울증을 앓고 있다고 합니다.

그러나 최근의 한 조사에 따르면, 자원봉사를 하지 않는 노인
은 자원봉사를 하는 노인에 비해 우울증에 걸릴 확률이 무려 4배
이상 높다고 합니다. 그래서 미국에서는 60세 이상 노인의 40퍼센
트가 자원봉사 활동을 하고 있습니다.

우리나라에도 봉사의 기쁨을 맛보고 있는 사람이 없지는 않습
니다. 경기도 파주시 문산읍에 사는 어느 목사님은 모친이 지병으
로 사망한 1989년부터 15년째 서울대병원 1층 로비에서 안내 자
원봉사를 하고 있습니다.

그는 이미 자원봉사를 하기 전에 심한 관절염을 앓고 있었으
며, 얼굴이 검게 변할 정도로 건강이 좋지 않았지만, 지금은 간호
사들로부터 '젊은 오빠'라는 소리를 들을 만큼 건강해졌다고 합

니다.

그는 파주에서 버스를 타고 오전 8시에 출근해 병원에서 거의 하루 종일 일하는데, 매일 규칙적으로 움직이면서 봉사활동을 하다 보니 몸이 건강해졌으며, 정신적으로는 자원봉사의 기쁨을 흠뻑 맛보고 있으며, 최근에는 감기 한 번 걸린 적이 없다고 합니다.

그러면 자원봉사가 이처럼 사람에게 즐거움을 선사하는 이유는 무엇일까요?

첫째, 자원봉사자는 남에 대한 봉사를 통하여 결국 자신이 '전문가'가 되며, 이것이 바로 자아 발전의 구체적인 결과가 됩니다. 처음에는 단순한 동정심에서 시작했으나 차츰 봉사의 전문성을 깨닫게 되며, 결국 그는 '배우는 사람'의 입장에서 '가르치는 사람'의 경지로 승화됩니다. 오늘날의 대부분 자원봉사 지도자들이 바로 이런 과정을 거친 사람들입니다.

둘째, 자원봉사자들은 자신의 현재 행복을 새삼스레 깨닫게 되며, 그리하여 지금까지 불평만 해오던 세상을 감사한 마음으로 바라보게 합니다. 시각장애인을 도와주는 '부름의 전화'나 보훈병원에서 수십 년 침대 생활을 하는 환자를 도와주는 대한적십자사의 자원봉사자들이 한결같이 느끼는 감정입니다. 아, 내가 눈을 뜨고 있다는 사실, 아무 불편 없이 걸어 다닐 수 있다는 사실, 이야 말로 삶을 찬미할 수 있는 조건이 아니겠습니까.

몇 가지 실례를 들겠습니다. 호스피스로 봉사하는 사람들은 삶의 존엄성을 새삼스레 실감하게 되며, 그런 삶과 생명에 대한 존경심은 우리들의 삶에 새로운 의미를 부여해 줍니다. 아무리 이 세상의 삶이 괴로워도, 역시 삶은 아름다운 것입니다.

청소년 상담에 봉사하는 사람들은 이 사회에 대한 새로운 시각을 갖게 됩니다. 사회란 그 구성원의 마음만 착해지면 모든 문제가 해결될 수 있는 낭만의 장소가 아니라 수많은 구조적 모순이 서로 얽히고설켜 있다는 사실을 새삼스레 깨닫게 됩니다. 즉 그는 여기서 사회와 국가에 대한 새로운 의식을 갖게 됩니다.

그래서 그는 개인 윤리와 사회 윤리의 질적인 차이를 알게 되며, 개인 윤리의 단순한 확대가 사회 윤리가 될 수 없다는 정치 철학을 이해하게 됩니다.

국제연합아동기구(UNICEF)에 봉사하는 사람들은 봉사의 범위가 국내에만 한정된 것이 아니라 국제적인 사실이라는 점을 깨닫게 됩니다. 그래서 그는 현재 기아로 죽어가는 사람이 1년에 무려 1400만 명이나 된다는 사실도 알게 되며, 결국 그는 이 지구가 '하나의 세계'임을 절실하게 깨닫게 됩니다. 월드비전의 홍보대사로 봉사하고 있는 탤런트 김혜자는 이렇게 말합니다.

뜨거운 태양과 함께 눈곱을 파먹는 파리들, 온통 더러운 길바닥이 있었습니다. 그곳에서 나는 지참금 때문에 딸을 낳으면 독초를 먹여 세상에 태어난 지 3일밖에 안 된 아이를 숨지게 해야 하는 비정한 엄

마을을 보았습니다. 아버지가 진 50달러의 빚 때문에 노예가 되어 하루 종일 코코넛 껍질로 밧줄을 꼬고 잎담배를 말아야 하는, 눈이 커다란 소녀들도 보았습니다. 먹을 게 없어 돌산에서 자라는 시금치 비슷한 풀을 뜯어 먹고 입술과 얼굴까지 초록색으로 변한 아이들도 보았습니다. 그러면서도 손에는 여전히 그 풀을 움켜쥐고 있는 아이들을…. 네 살짜리 아이가 마대 같은 것을 들고 제 오빠와 함께 먹을 풀을 캐러 다니는 것도 보았습니다. 발이 시려서 엄지발가락을 잔뜩 꼬부리고서. (중략)

그 몸서리쳐지는 비극의 현장과, 나도 모르게 눈물이 뒤범벅이 되는 고통스런 세상에서 벗어나 한국으로 돌아오면, 이곳에는 또 아무 일이 없습니다. 마치 이곳은 지구 위에 있는 나라가 아니라 완전히 다른 세상처럼 느껴질 때가 많습니다. 호텔 레스토랑에서 어떻게 하면 우아하게 접시에 담아서 맛있게 먹을까를 생각하고, 군살이 찌지 않게 수영을 하고, 아무 일도 없었던 듯 살아갑니다. 그리고 밤이면 서른 개가 넘는 채널을 돌리며 텔레비전을 봅니다. 그러다가 문득 어느 채널에선가 붉은 아프리카의 땅이 화면 가득 나타납니다. 인도의 아이들이 온통 눈밖에 없는 것 같은 얼굴을 하고 화면 속에서 내게 말을 겁니다. "왜 우릴 만나러 오지 않나요? 그새 우릴 잊었나요? 우리가 여기서 이렇게 죽어가고 있는 걸 잊기로 했나요?"[26]

사랑은 크게 에로스와 아가페, 즉 바라는 사랑(desiring love)과

주는 사랑(giving love)으로 나눌 수 있습니다. 전자는 아직도 유치한 단계의 사랑이며, 그것은 후자의 단계로 승화되어야 합니다. 그래서 에리히 프롬은, 우리가 준다는 것은, 절대로 일상적으로 생각하듯이 자신의 희생과 손해가 아니라고 말합니다.

창조적인 사람에게 있어서 준다는 것은 전혀 다른 의미를 갖습니다. 준다는 것은 능력의 가장 고귀한 표현(the highest expression of potency)입니다. 나는 주는 행위를 통해 나의 힘과 부귀와 능력을 체험합니다. 그리고 이 승화된 활력과 능력의 체험은 나에게 한없는 즐거움을 줍니다. 그래서 나 자신을 충만하고, 헌신하고, 살아 있고, 즐거운 존재로 만듭니다.

주는 것이 받는 것보다 좋습니다. 주는 행위 속에서 나의 살아 있음이 표현되기 때문입니다.[27]

우리는 "받는 것보다 주는 것이 좋다"는 프롬의 명제를 "남을 돕는 것이 나를 돕는 것보다 좋다(A〉B)"로 바꿀 수 있을 것입니다. 그러나 나는 이렇게 말하고 싶습니다. "남을 돕는 것이 곧 나를 돕는 것이다(A=B)."

이 사상을 불교적으로 표현하면, 위로 지혜를 추구하는 상구보리上求菩提와 밑으로 중생을 교화시키는 하화중생下化衆生은 선후 개념이 아니라 동시 개념이 된다는 것입니다. 상구보리가 하화중

생이며, 하화중생이 상구보리입니다. 쉽게 말해서, 너는 나며 나
는 너입니다.

사람은 죽을 때까지 일해야 합니다. 그래서 기독교는 "일하기
싫으면 먹지도 말라"고 충고하며, 불교의 백장 선사는 "하루 일하
지 않으면 하루 먹지 말라(一日不作 一日不食)"고 충고합니다. 우리
는 젊었을 때 돈을 벌기 위해 열심히 일했습니다. 이제 우리는 삶
의 진정한 기쁨을 맛보기 위해 일해야 할 것입니다.

용서와 포용

지금까지 말한 네 가지 비결을 모두 실천해도 절대로 건강할 수 없는 경우가 있습니다. 어떤 사람을 죽이고 싶도록 미워하는 사람은 바로 그 증오의 독이 그 사람 자신을 망가뜨릴 수 있기 때문입니다.

어느 중년부인이 나를 찾아온 일이 있습니다. 그녀는 어릴 때 자기를 버린 어머니가 현재 살고 있는 주소를 알고 있으며, 어머니가 죽을병에 걸려 있다는 사실까지 잘 알고 있다고 합니다. 그녀는 곧 어머니를 찾아가 화해의 눈물을 뿌리고 싶은 마음이 없지는 않습니다. 그러나 자신을 버렸다는 미움이 앞서서 선뜻 어머니를 찾지 못하는 기독교인 부인입니다.

"어머니를 만나서 엉엉 울면서 진정 화해하고 싶습니까?"

"네."

"그런데 왜 그렇게 하지 않습니까?"

"어머니가 너무 미워요."

"도대체 그런 심정에서 기도가 나옵니까?"

"어머니 생각만 하면 기도가 뚝 끊어져요."

젊을 때는 미워하는 사람이 있어도 그럭저럭 생활할 수 있습니다. 멱살을 잡고 주먹다짐을 하다가도 하룻밤만 지나면 곧 잊어버립니다. 그러나 나이가 들면, 미워하는 사람을 도저히 잊지 못합니다. 평소에는 생각조차 하지 않다가도 모처럼 만난 친한 친구와 소주 한 잔을 마시면 곧 그에 대한 생각이 떠오릅니다. "두고 봐라, 내가 죽기 전에 꼭 네가 거꾸러지는 모습을 보고야 말겠다"는 것이지요.

그러나 증오의 피해는 증오를 받는 사람보다 증오하는 사람에게 있습니다. 잘못하면, 그가 거꾸러지기 전에 내가 먼저 거꾸러질 수 있습니다. 증오심은 자신의 건강을 해칠 뿐입니다.

특히 우리는 우리와 가까이 있는 사람을 미워하지 않도록 노력해야 합니다. 멀리 떨어져 있는 사람은 평소에 잊어버리고 지낼 수 있습니다. 그러나 집에서 같이 살고 있는 아들, 딸, 사위, 며느리는 눈만 뜨면 만나게 될 수밖에 없기 때문입니다.

언젠가 나는 자식을 대단히 미워한 친구의 이야기를 들은 적이 있습니다. 아침에 일어나서 그를 쳐다보기만 하면 가슴에 큰 불덩이가 솟구치곤 했다고 합니다. 그렇게 일주일을 지냈더니 10여 년을 복용해 온 혈압약이 말을 듣지 않게 되었고, 병원을 찾았더니 그가 엄청난 마음의 충격을 받았다고 진단하더랍니다. 미움에는 백약이 무효입니다.

그래서 어떤 사람은 이렇게 말합니다. 늙은 사람은 모두 성인군자가 되어야 한다고요. 모든 사람을 용서하고 포용해야 한다고요. 물론 이것은 그리 쉬운 일이 아닙니다. 우리는 공자님도 아니고 성인군자도 아닙니다. 우리는 보통사람들입니다. 그리고 우리의 자녀들은 우리들의 의견을 따르지 않으며, 그래서 그들에 대한 우리의 증오심은 점점 커지게 됩니다.

이제 어떻게 해야 할까요? 결론은 이것입니다. 결국 우리는 모든 사람을 (그들이 아무리 미워도) 모두 포용해야 합니다. 우리들의 건강을 위해서.

생각해 보십시오. 마음에 불같은 응어리가 있는데, 어찌 그의 마음이 편할 수 있으며, 편치 않은 마음을 가진 사람의 육체가 어찌 건전할 수 있겠습니까. 증오의 불덩어리를 안고 사는 사람에게는 백약이 무효일 것입니다. 먼저 마음이 편해야 합니다. 그래야 양약도 효과가 있습니다. 여기서 우리는 "죄를 미워하되 죄인을 미워하지 말라"는 격언을 다시 떠올리면서 실천하려고 노력해야 할 것입니다.

서양에는 사람을 용서하는 것은 인간의 몫이 아니라 하느님의 몫이라는 말이 있습니다. 그만치 남을 포용한다는 것이 어렵다는 뜻입니다. 그러나 우리가 진정 노력을 하면, 남을 용서할 수 있는 우리들의 능력은 거의 무한대까지 확대될 수 있습니다. 용서에 관한 한 모든 보통사람은 특별한 사람이 될 수 있습니다.

이지선 양은 이화여대 유아교육과 4학년(2000년) 여름, 도서관에서 공부를 마치고 귀가하다가 교통사고로 전신 55퍼센트의 3도 화상을 입어 11차례의 수술 끝에 기적적으로 살아났는데, 이 사고를 통해 새롭게 태어났다고 고백합니다. "만약 아빠, 그 가족들이 찾아오면 예수님이 우리 죄를 다 용서해 주셨던 것처럼… 우리에게도 '용서'라는 말을 쓸 자격이 있다면 말야… 예수님의 이름으로 용서한다고, 그렇게 말해 줘."

또한 그녀는 이렇게 말합니다. "우리 장애인들은 세상에 정말 중요하고 영원한 것이 무엇인지를 아는 사람들입니다. 생명이 얼마나 소중한 것인지, 사랑이 얼마나 따뜻한 것인지를 아는 사람들입니다. 절망이 얼마나 사람을 죽이는 것인지, 희망이 얼마나 큰 힘이 있는지, 행복은 얼마나 가까이 있는 것인지, 정말 세상에 부질없는 것들이 무엇인지, 기쁨과 감사는 얼마나 작은 것에서부터 시작되는지… 우리는 그런 것들을 알고 있는 사람들입니다. 마음껏 부러워하셔도 좋습니다. 저는 더 당당할 것입니다. 우리는 VIP입니다. 특별한 사람입니다. 당신은 사랑받기 위해 태어난 사람입니다."

그래서 그녀는 이렇게 결론을 내립니다. "누군가 제게 물었습니다. 예전의 모습으로, 사고 나기 전 그 자리로 돌려준다면 어떻게 하겠느냐고요. 바보 같다고 할지 모르지만, 제 대답은 '돌아가고 싶지 않아요'입니다."[28]

이제 우리는 모든 사람을 용서해 주는 "네 덕, 내 탓"의 용기를 가져야 합니다. 그래야 내가 육체적 및 정신적 건강을 유지할 수 있습니다. 우리는 나이를 먹을수록 바로 이 용서의 대가大家가 되려고 노력해야 합니다. 예수님이나 부처님과 같이.

용서는 곱게 나이 드는 다섯째 비결입니다.

준비된 죽음

        곱게 나이 드는 마지막 비결은 자신이 늙어가고 있다는 사실을 솔직히 인정하는 것입니다. 앞으로 살아갈 날이 이미 살아온 날보다 훨씬 적을 수밖에 없다는 현실을 솔직하게 인정하는 것입니다. 즉 우리는 이제 우리들의 죽음을 미리 생각해 보고, 미리 준비하고, 미리 연습까지 해야 합니다. 죽음을 이해해야 삶을 이해할 수 있으며, 삶을 이해해야 죽음을 이해할 수 있기 때문입니다.

    죽음학의 권위자인 퀴블러 로스는 죽음에 임하는 단계를 5가지로 설명합니다.

    첫째는 부정과 고립(denial and isolation)의 단계입니다. 자신의 죽음을 도저히 받아들일 수 없다고 생각하여 자신을 스스로 고립화시키는 단계입니다. 도대체 왜 내가 이 나이에 죽어야 하느냐고 발버둥치는 것입니다.

둘째는 분노(anger)의 단계입니다. 거역할 수 없는 죽음에 대한 마지막 분노를 내뿜는 것입니다.

셋째는 협상(bargaining)의 단계입니다. 죽음에 대한 손익 계산서를 만들려는 것입니다.

넷째는 우울증(depression)의 단계입니다. 아무리 생각해도 죽음을 통해 얻을 것은 하나도 없고 오히려 모든 것을 잃을 수밖에 없다는 강박 관념에서 나온 것입니다.

다섯째는 수용(acceptance)의 단계입니다. 모든 것을 담담하게 받아들이는 것입니다.[29] 그만치 죽음을 순순히 받아들이기가 어렵다는 뜻입니다.

그러나 파스칼은 인간이 자신의 죽음을 미리 생각할 수 있다는 점에서 동물보다 우월하다고 말합니다. 자신의 죽음을 알고 있다는 사실, 이것이 바로 인간의 본질적 위대함이라는 것입니다.

김열규는 이렇게 말합니다. "인간에게는 죽음이 생물학적인 사실로 해서 찾아오지 않는다. 그것은 정신의 형이상학과 영혼의 종교학에 짙게 물든 빛과 더불어 우리들을 찾아든다. 정신과 영혼의 자기 증명을 위해, 우리들은 죽음을 호시탐탐 노리고 있었을 법도 한 것이다. 죽음을 생각함으로써, 인간은 명료하게 정신 및 영혼 앞에 나아가게 된다. 그때 사람들은 그것이 삶의 최종적인 여행 목적지였다고 생각할 것이다."[30)

　시인 천상병은 인생을 소풍놀이로 비유합니다. 소풍이란 아침에 떠나서 저녁에 돌아올 수밖에 없는 짧은 여행입니다. 그는 죽음을 준비하는 마음을 「귀천歸天」에서 이렇게 표현합니다.

나 하늘로 돌아가리라.
새벽빛 와 닿으면 스러지는
이슬 더불어 손에 손을 잡고,

나 하늘로 돌아가리라.
노을빛 함께 단 둘이서
기슭에서 놀다가 구름 손짓하면은,

나 하늘로 돌아가리라.
아름다운 이 세상 소풍 끝내는 날,
가서, 아름다웠다고 말하리라…[31)

　모든 사람은 외롭습니다. 외롭지 않은 사람은 하나도 없습니다. 그러나 사춘기를 맞이하는 청소년은 더욱 외롭다고 생각합니다. 미래에 대한 막연한 낭만적인 꿈, 그리고 그 꿈과는 거리가 먼

현실의 괴리에서 청소년들은 땅이 꺼지는 듯한 한숨을 쉬기도 하고, 공연히 떨어지는 낙엽을 쳐다보면서 눈물을 흘리기도 합니다. 사춘기란 그만치 삶에 있어서 하나의 커다란 매듭을 짓는 시기입니다.

그러나 인간의 두 번째 큰 매듭은 사춘기思春期가 아니라 사추기思秋期라고 볼 수 있습니다. 여기서의 외로움은 꿈과 현실의 단순한 괴리에서 나오는 고독이 아닙니다. 여기서의 외로움은 존재와 비존재의 괴리에서 오는 고독입니다. 사춘기 시절에는 죽음을 생각하지 않습니다. 오직 밝은 삶과 밝지 않은 삶만 생각합니다. 그러나 사추기에 들어서면 삶의 각기 다른 질質이 아니라 그 삶을 완전히 무화無化시키는 늙음과 죽음을 예상, 연상, 상상하게 됩니다.

그러므로 황혼에 접어든 사람은 먼저 죽음을 이해해야 하며, 죽음을 이해하려면 먼저 삶을 이해해야 합니다. 그래서 사추기의 외로움은 모든 인간을 철학자로 만드는 것입니다. 칼릴 지브란은 『예언자』에서 이렇게 말합니다.

만약 그대가 죽음을 삶의 가슴 속에서 찾지 않는다면, 어떻게 죽음을 발견할 수 있겠는가.

밤에만 볼 수 있고 낮에는 장님이 되는 올빼미는 광명의 신비를 밝혀 낼 수 없느니라.

만약 그대가 진정 죽음의 영혼을 보려면, 그대의 가슴을 삶의 육체를 향해 활짝 열어라.

마치 강과 바다가 하나이듯이, 삶과 죽음은 하나인 것이다.[32]

이제 우리 노인들은 죽음을 준비해야 합니다. 유언도 미리 해 놓고, 매년 새로 유언장을 작성하는 것도 좋은 일입니다. 그래야 죽은 다음에 자식들이 서로 유산을 차지하려고 고소하는 불상사도 없을 것입니다. 조상묘도 손질해 놓고, 자신의 장례식 절차에 대해서도 식구들과 합의를 해야 합니다. 그리고 떠날 때 담담하게 이 세상을 떠나는 것입니다.

이것이 곱게 나이 드는 여섯째 비결입니다.

마무리하는 글

　　　　　　　　죽음을 받아들이는 방식에 있어서 동서
양은 약간의 차이가 있는 듯합니다.[33] 서양인들은 죽음의 '극복'
을 강조하고, 동양인들은 죽음의 '수용'을 강조하기 때문입니다.
예를 들어서 딜란 토머스(Dylan Thomas)는 「순순히 저 안녕의 밤으
로 들지 마십시오」에서 이렇게 외칩니다.

그대로 순순히 저 안녕의 밤으로 들지 마십시오.

하루가 저물 때 노년은 불타며 아우성쳐야 합니다.

희미해져 가는 빛에 분노하고 또 분노하십시오.

시력 없는 눈도 운석隕石처럼 타오르고 즐거울 수 있는 법,

희미해져 가는 빛에 분노하고 또 분노하십시오.[34]

이 시를 소개한 장영희는 이렇게 설명합니다. "육신이 힘을 잃고 늙어간다고 그대로 자연의 법칙에 순명順命하여 죽음을 기다리지 마십시오. 결국 잠드는 것이 우리의 운명이라지만, 생명의 빛이 사위어가는 것에 분노하십시오. 별똥별이 마지막 빛을 뿜는 것처럼, 황혼이 작렬하는 태양보다 더 아름다운 것처럼, 이제 떠나기 전에 이 세상에 좋은 흔적 하나 남기려고 분연히 일어나야 할 때입니다. 영혼의 불꽃을 더욱 치열하게 불사를 때입니다. 삶의 무대는 관객과 배우의 역할을 동시에 할 수 있는 가장자리가 더욱 의미 있습니다."[35]

그러나 이런 발상은 어디까지나 히브리적 사상이 아니라 희랍적인 사상이며, 더 나아가서 희랍적인 사상에도 "인간의 유일한 목표는 죽음을 극복하는 것이며, 그러나 죽음을 극복하려는 인간의 모든 노력은 죽음의 위대성을 또 다시 증명할 뿐이다"라는 구절이 있는 것을 보면, 희랍 사상도 역시 죽음을 모든 사람이 결국 수용해야 할 현상으로 보는 것입니다. 죽음에 대한 분노와 수용은 결국 각자가 지닌 태도의 차이일 뿐입니다.

사실 죽음이란 모든 사람이 거쳐야 할 통과 의례입니다. 그저 조금 먼저 태어나서 조금 먼저 가고, 조금 늦게 태어나서 조금 늦게 가는 차이가 있을 뿐입니다. 퀴블러 로스가 죽음의 마지막 단계를 무조건적인 수용으로 설명한 이유도 여기에 있습니다. 이렇게 보면 삶과 죽음은 동서양의 보편적인 현상일 뿐입니다.

그러나 대부분의 사람들은 '떠나기 전에 이 세상에 좋은 흔적 하나 남기려고 분연히 일어나야 할 때'보다는 훨씬 늦게 죽음의 실존을 발견합니다. 그래서 이정현은 「땅거미」에서 한 해를 보내는 심정을 다음과 같이 표현하는데, 우리는 여기에 나오는 '한 해'를 '한 평생'으로 고쳐서 읽을 수도 있을 것입니다.

어쩌다 단풍 나들이 때 놓치고
마지막 잎새들이 몸을 떠는
빈 계곡의 낙엽을 밟는다

어쩌다 山川을 붉히는
화창한 계절 다 지나쳐
홀로 음울한 땅거미를 밟는다

이토록 가슴 저밀 일 없건마는
바닥 모를 陸路에
멍청한 발길
빈 배 되어 일렁이고

어쩌다 한 해를 여읜 末尾가

生活의 虛構 속에

도리질을 한다.[36)]

그렇습니다. 노인은 '빈 계곡의 낙엽'과 같습니다. 그렇다고 늙지 않을 수도 없습니다. 다만 곱게 늙었다는 말이라도 들으면 천만다행일 것입니다. 그래서 나는 곱게 나이 드는 비결 6가지를 소개했습니다.

곱게 나이 드는 비결	
개인적 비결	1. 건강과 운동 2. 생각과 행동
사회적 비결	3. 소언과 약언 4. 봉사의 기쁨
실존적 비결	5. 용서와 수용 6. 준비된 죽음

곱게 나이 들려면, 첫째로 말을 조금 하고 그것도 아주 낮게 해야 합니다. 그래야 젊은이들로부터 눈총을 받지 않을 수 있습니다.

둘째로 머리를 써서 생각을 많이 해야 합니다. 그래야 뇌가 망가지지 않습니다.

셋째로 매일 정기적으로 운동을 해야 합니다. 그래야 '육체 없는 영혼'과 같은 반쪽 인간이 되지 않을 수 있습니다.

넷째로 매일 봉사의 삶을 통해 가슴속부터 우러나오는 기쁨을 맛보아야 합니다. 봉사는 바로 생각과 운동의 결정체입니다.

다섯째로 세상의 한 사람도 미워하지 않도록 노력해야 합니다. 증오 앞에서는 백약이 무효입니다.

끝으로 죽음을 잘 준비해야 합니다. 그래야 곱고 아름답게 나이 들어 행복하게 죽을 수 있습니다.

나이먹는데도 공부가 필요하다

나이듦에 대하여

우리가 현재의 삶을 진정 알려면 미래에 대한 시각, 전망, 소망을 가져야 합니다. 현재의 가치는 언제나 미래를 전제로 해서만 가능한 것입니다. 학생의 공부는 졸업이라는 미래의 시간에 비추어 볼 때 의미가 있으며, 돈벌이와 성공도 가정과 사회의 행복이라는 마지막 목표가 있기 때문에 중요하며, 현재의 결혼 생활 또는 직장 생활도 미래의 성취에 비추어 볼 때 의미가 있는 것입니다. 과거와 연결되지 않은 현재는 다람쥐 쳇바퀴 식의 삶을 제공하며, 미래와 연결되지 않은 현재는 찰나를 즐기는 공허한 삶을 제공할 뿐입니다

셋째
마당

나이듦에 대하여

왜 끝맺음이 중요한가

낯이 지나면 밤이 오고, 여름이 지나면 겨울이 오고, 한 해의 시작이 있으면 반드시 끝이 있게 마련입니다. 이것이 조금도 어긋남이 없는 자연의 법칙입니다. 만남이 있으면 헤어짐이 있고, 사랑하는 사람이 있으면 미워하는 사람이 있고, 태어난 인간은 반드시 죽게 마련입니다. 이것이 조금도 어긋남이 없는 인간의 법칙입니다.[37]

그러면 이런 자연의 법칙과 인간의 법칙을 주재하는 실체는 무엇일까요? 그것은 어떤 일에도 예외를 인정하지 않는—그래서 참으로 무자비한—시간입니다. 모든 사람은 시간 속에서 태어나서 시간 속으로 사라집니다. 영웅호걸도 시간을 거역할 수 없으며,

어떤 천재도 시간을 초월할 수 없습니다. 이런 뜻에서 인간은 시간적인 존재가 아닐 수 없으며, 우리가 시간적인 존재라는 것은 곧 우리가 수많은 시작과 끝을 경험하면서 살 수밖에 없다는 뜻입니다.

그러면 우리는 어떻게 끝맺음을 해야 할까요?

첫째, 대부분의 사람들은 시작도 끝도 심각하게 생각지 않으면서 이 세상을 삽니다. 아침에 일어나서 번갯불에 콩 볶아 먹듯이 아침을 마치고 직장으로 달려가서, 오전에는 어젯밤에 마신 술을 깨려고 기지개를 켜다가, 오후에는 퇴근을 하자마자 술집에서 거나하게 한잔 걸치고 밤늦게 귀가합니다. 물에 물 탄 듯 술에 술 탄 듯한 삶이며, 어떻게 보면 고민도 없고 스트레스도 없는 '무난한 삶'입니다. 그러나 이런 사람들은 결국 아무런 신경도 쓰지 않으면서 평생을 마치는 동물, 백 년 전에 했던 일을 오늘도 그대로 반복하고 있는 동물과 별로 차이가 없습니다. 그저 어제가 있고 오늘이 있고 내일이 있을 뿐이며, 특별한 시작이나 끝도 없습니다.

그러나 밀(J. S. Mill)은 일찍이 "만족한 돼지보다는 고민하는 소크라테스가 되라"고 말했습니다. 사람의 사람됨은 생각하고 고민하며 계획하는 데 있습니다. 그리고 삶에 대한 모든 계획에는 반드시 시작과 끝이 있게 마련입니다.

둘째, 일부의 사람들은 시작에는 전혀 관심을 쏟지 않으면서 훌륭한 끝맺음을 희망하기도 합니다. 공부를 전혀 하지 않으면서 좋은 대학에 들어가려는 학생, 화장술이나 옷 입는 맵시만 가지고 교양인으로 행세하려는 직장인, 노력하지 않으면서 그저 호박이 넝쿨 채로 떨어지기만을 바라는 사람, 이들은 마치 기차표를 사지 않고 목적지로 여행하려는 사람과 다름이 없습니다. 또는 여름 내내 노래만 부르다가 추운 겨울을 맞이하는 베짱이와 다름이 없습니다. 시작하지 않고 끝을 바라는 사람은 씨를 뿌리지 않고 추수하려는 사람이며, 인생의 무임 승차자일 뿐입니다. 끝을 보려면 반드시 성실한 시작을 해야 합니다.

셋째, 열심히 시작한 사람들 중에는 결과를 미리 정밀하게 예측, 계산, 판단하지 않고 그냥 무턱대고 자신의 역량만 믿고 밀어붙이다가 좌절한 사람들이 있습니다. 계획다운 계획이 없었거나, 계획은 있어도 '계획에 대한 계획'을 하지 않은 사람들입니다. 이론보다 중요한 것은 실천이며, 계획보다 중요한 것은 그 계획의 실천입니다. 그래서 우리는 예부터 "구슬이 서 말이라도 꿰어야 보배"라거나 "부뚜막의 소금도 집어넣어야 짜다"고 말합니다.

물론 이 세상에 자기가 계획한 것을 모두 실현하는 사람은 하나도 없을 것입니다. 우리나라에서 베스트셀러가 된 재벌 총수들의 자서전을 보면, 그들은 일단 계획하면 꼭 성취한 것으로 기록되어 있습니다. 그러나 그것은 절대로 사실이 아닐 것입니다. 그들도 계획한 것들 중에서 (나 자신의 경험에 비추어 보면) 성취한 것보다는 성취하지 못한 것이 훨씬 더 많을 것이며, 이런 뜻에서 그들의 자서전은 선전용이나 선거용일 수는 있어도 진정한 고백록은 될 수 없습니다.

지금까지 우리나라에 자신의 약점과 좌절까지 솔직하게 털어놓은 아우구스티누스의 『고백록』과 같은 책이 아직 한 권도 없는 이유가 여기에 있습니다. 물론 계획은 빗나갈 수 있습니다. 그래서 실천과 노력이 더욱 중요한 것입니다. 그러므로 우리는 어떤 일을 시작할 때 자신의 능력과 환경의 조건을 너무 과대평가하지도 말고 과소평가하지도 말아야 합니다. 냉철한 이성으로 결과를 객관적으로 예측하고 시작해야 합니다.

넷째, 진정 보람찬 삶을 살려는 사람은 언제나 시작과 끝을 다 같이 중요시합니다. 끝에 비추어서 시작을 생각하고, 시작을 기초로 해서 끝을 예상합니다. 그 중에서 하나만 생각하는 사람은 절대로 드높은 성취감을 맛볼 수 없습니다.[38]

사람들은 요즘의 경제 상황을 '제2의 IMF'로 표현합니다. 왕소군王昭君의 시구를 빌어 '춘래불사춘 春來不似春'이라고도 합니다. 많은 사람들이 돈벌이가 마땅치 않다고 아우성입니다. 봄이 왔으되 그 봄을 느낄 수 없는 이런 사람들에게는 어떤 장밋빛 전망도 그림의 떡일 뿐입니다.

그러나 흔히 모든 사람에게는 평생에 세 번의 기회가 온다고 하는데, 실제로 인간은 무수한 기회를 맞습니다. 구름 뒤에는 언제나 찬란한 태양이 있기 때문이며, 인간이란 끝없이 구름 뒤의 태양을 추구하는 존재이기 때문입니다.

나는 수년 전 월요일에 「희망 백 배, 용기 백 배」라는 프로그램에 출연하면서 감전 사고로 양 손과 양 발을 모두 잃은 젊은이를 만났습니다. 그는 막대기로 컴퓨터를 열심히 연습하여, 현재는 인터넷 서비스를 제공하는 조그만 회사의 어엿한 사장이 되었습니다. 그리고 그의 얼굴은 전혀 고통을 모르는 듯 밝은 표정이었습니다.

많은 사람들이 2004년을 보내면서 한 쪽 팔이나 한 쪽 발을 잃었습니다. 그러나 이 젊은이처럼 두 손발을 모두 잃지는 않았습니다. 두 손발을 모두 잃은 사람이 다시 설 수 있다면, 왜 우리가 다시 일어날 수 없겠습니까. 인간에게는 언제나 제2의 기회가 있습니다. 다만 우리는 다시 시작하면서 너무 서두르지 말아야 합니다. 영조 시대의 시인 김천택의 「청구영언」을 읊으면서.

잘 가노라 닫지 말며 못 가노라 쉬지 말라.

부디 긋지 말고 촌음을 아껴 써라.

가다가 중지 곧 하면 아니 감만 못하니라.

끝은 중요합니다. 하다못해 바둑도 끝내기에 30집이 달려 있다고 합니다. 끝을 잘 보내는 사람만이 다시 시작할 수 있습니다. 지

난 일 년에 무슨 일을 했든지 간에, 우리는 마지막을 겸허하고 성
실하고 냉철하게 받아들여야 합니다. 그것이 바로 우리의 새로운
미래를 향해 힘차게 출발하는 길입니다.[39]

과거를 잊지 말고, 현재를 알고, 미래를 희망하자

　　　　　한때 "한 많고 설움 많은 과거를 묻지 마세요…"라는 노래가 유행한 적이 있습니다. 슬픈 추억의 과거 일랑 되도록 빨리 잊어버리라는 뜻일 것입니다. 그러나 슬픈 과거를 잊는다는 것은 현실적으로 불가능한 일입니다. 오히려 잊으려고 노력하면 할수록 더욱 생각나는 것이 괴로웠던 과거라고 말할 수 있습니다. 일상적인 일들은 쉽게 망각의 세계로 돌릴 수 있으면서도 극히 괴로웠던 사건들은 절대로 잊지 못하는 것이 인간의 상정입니다. 인간을 '망각의 동물'이라고 말하는 이유는 그만큼 잊기가 쉽지 않다는 사실을 역설적으로 증명하는 것입니다.

　　물론 우리는 슬픈 과거뿐 아니라 즐거운 과거도 가지고 있습니다. 그리고 즐거웠던 첫사랑, 생일잔치, 졸업 선물, 결혼식 등과 같은 과거의 아름다운 추억은 언제나 우리의 삶을 풍요롭게 만듭니다. 그러므로 우리는 즐겁거나 슬프거나를 막론하고 과거를 잊지 않으려고 노력해야 합니다.

한 조사에 따르면, 정상적인 부부에게 있어서도 물리적인 시간으로 따지면 상대방을 사랑한다고 느끼는 순간보다는 미워하는 순간이 훨씬 많다고 합니다. 그러나 그들은 상대방을 미워하는 순간에도 즐거웠던 옛날을 추상追想함으로써 증오의 감정을 사랑의 감정으로 승화시킬 수 있는 것입니다. 여기서 과거는 잊어야 할 대상이 아니라, 오히려 플라톤이 주장했던 바와 같이 매일매일 새롭게 상기想起시켜야 할 대상인 것입니다. 슬픈 과거는 우리에게 교훈을 주고, 즐거운 과거는 우리에게 위로를 줍니다.

그러나 과거가 우리에게 교훈적일 수 있는 이유는 그것이 바로 현재와 연결되어 있기 때문입니다. 현재란 바로 과거의 조각들이 쌓여서 생긴 것입니다. 이렇게 보면, 우리가 과거에 지나치게 집중하고 집착하는 것은 그만큼 현재에 충실하지 못하기 때문이라고 말할 수도 있습니다. 과거가 중요한 이유는 결국 그것이 현재를 위한 과거이기 때문입니다.

트리다드 섬 사람들은 '오늘을 위한 오늘'이라는 말을 사용한다고 합니다. 그것은 현재의 삶이 우리가 영위하는 가장 귀중한 삶이며, 이 현재의 삶에 최선을 다하지 못하는 사람은 결국 자신의 인생을 소비하고 있을 뿐이라는 뜻입니다. 오늘날 우리에게 진정 중요한 것은 '저기'가 아니라 '여기'며, '어제'가 아니라 '오늘'입니다. 그러므로 성실한 사람은 언제나 오늘을 위하여 삽니다.[40]

모든 사람은 아름다운 과거의 추억을 가지고 있으며 비록·슬펐던 일까지도 시간이 지남에 따라 그것을 미화美化시키는 경향이 있습니다. 그리하여 어느 시인은 "과거는 언제나 아름답다"고 말했습니다. 그러나 과거는 어디까지나 과거며, 현재는 어디까지나 현재일 뿐입니다. 과거는 추억이며, 현재는 현실입니다. 그리하여 『성서』는 "너희들은 이전 일을 기억하지 말며, 옛적 일을 생각하지 말라"고 충고합니다. 과거는 현재와 연결될 때 의미를 갖습니다.[41]

행복한 결혼 생활은 언제나 현실적인 기대에 근거를 두고 있습니다. 백설 공주와 같은 아내나 백마白馬를 타고 오는 왕자와 같은 남편을 고대하는 사람은 절대로 행복할 수 없습니다. 현실의 아내는 언제나 낭만이 결여되어 있는 듯한 여인이며, 현실의 남편은 언제나 월급봉투에만 매달리는 듯한 남자입니다. 삶은 현재입니다. 그리하여 『개방된 결혼』의 저자인 조지 오닐은 우리에게 '적당한 양 이상의 과거'를 갖지 말아야 한다고 충고합니다.

　　그러나 우리가 현재의 삶을 진정 알려면 미래에 대한 시각, 전망, 소망을 가져야 합니다. 현재의 가치는 언제나 미래를 전제로 해서만 가능한 것입니다. 학생의 공부는 졸업이라는 미래의 시간에 비추어 볼 때 의미가 있으며, 돈벌이와 성공도 가정과 사회의 행복이라는 마지막 목표가 있기 때문에 중요하며, 현재의 결혼 생활 또는 직장 생활도 미래의 성취에 비추어 볼 때 의미가 있는 것입니다. 과거와 연결되지 않은 현재는 다람쥐 쳇바퀴 식의 삶을 제공하며, 미래와 연결되지 않은 현재는 찰나를 즐기는 자포자기 식 삶을 제공할 뿐입니다.[42]

　　물론 인간이란 원래 불완전한 동물이기 때문에 미래에 대한 정확한 예언은 불가능할 것입니다. 또한 우리가 영위하는 삶에는 언제나 뜻밖의 요인들이 작용하게 마련입니다. 그러므로 미래는 어디까지나 기대며 계산이 아닙니다. 확실한 것은 우리 모두가 언젠가는 죽을 것이라는 사실 뿐입니다. 그리하여 『팡세』의 저자인 파스칼은 인간의 삶을 '불확정의 연속'이라고 말합니다.

　　그렇지만, 인간이란 행복한 로봇으로 살 수 있는 존재가 아닙니다. 인간이란 역사의 지배를 받으면서도 역사의 방향을 변화시킬 수도 있으며, 사회의 지배를 받으면서도 사회를 개선할 수 있으며, 현재의 지배를 받으면서도 미래를 설계할 수 있는 존재입니다. 적어도 미래를 어느 정도 예상하고, 그 예상을 실현할 수 있는 방법을 강구하고, 그 방법의 실천으로 더욱 밝은 가정과 사회를 건설할 수 있다는 예측 가능성을 가진 존재입니다.

법관이 되어 출세하려던 법과대학생의 꿈이 제적으로 끝나고, 성실한 남편의 노력이 하루아침에 나무아미타불로 끝나고, 자녀 교육에 온 정성을 쏟은 주부의 대가가 재수생이나 삼수생의 자녀를 갖게 되는 등의 미래에 대한 예측이 전혀 불가능한 '안개 인생'에서는 절대로 충실한 현재를 살 수 없습니다.

사람은 과거를 잊지 말아야 합니다. 과거를 깡그리 망각한 사람은 동물과 차이가 없습니다. 그러나 과거에 너무 매달리지 말아야 합니다. 중요한 것은 현재입니다. 그리고 현재는 언제나 미래를 전제로 해서만 의미를 갖습니다. 과거를 잊지 말고, 현재를 알고, 미래를 희망합시다.

준비하는 마음 1

나이를 한 살씩 먹어가면서 조금도 후회하지 않는 사람은 아마 없을 것입니다. 혹자는 권력과 부를 움켜쥔 사람들이야 무슨 회한이 있겠느냐고 생각할지도 모릅니다. 그러나 그런 사람들에게도 그 나름의 후회와 고민과 불안이 없을 수 없습니다.

더구나 보통사람들의 나이 먹기는 수많은 실패, 후회, 회한, 아쉬움을 동반합니다. 좀더 착실하게 살아서 저축이라도 했어야 했는데. 더욱 정열적으로 사랑해서 금년이 지나기 전에 결혼으로 골인했어야 했는데. 너무 놀지만 말고 내적으로 실력을 쌓을 수도 있었을 텐데. 한 해가 가기 전에 그렇게도 절친했던 친구를 꼭 찾아서 만났어야 했는데. 아무리 가난하더라도 고통 받는 사람들의 아픔을 조금이라도 동참해야 했을 텐데. 이와 같은 보통사람의 후회는 끝이 없습니다.

왜 우리는 이렇게 계획하고, 그 계획을 실천하지 못하고, 실천하지 못한 계획에 대하여 눈물을 흘리는 반복적인 삶을 영위해야 할까요? 사람은 누구든지 연초가 되면 (대개의 경우에는 성취될 수 없다는 것을 잘 알면서도) 수많은 계획을 세우고 또한 예정(?)대로 그 계획은 물거품으로 돌아가는 반복적인 삶을 영위하고 있습니다. 쳇바퀴 도는 다람쥐의 삶을 영위하고 있으며, 영원히 성취할 수 없는 프로메테우스의 고통을 반복하고 있습니다.

여기서 어떤 사람은 이렇게 말할 것입니다. 장기를 두면 이길 수도 있고 질 수도 있습니다. 물론 이기면 기분이 좋겠지만 지면 신경질이 납니다. 그러므로 신경질적으로 화를 내지 않는 가장 안전한 방법은 아예 장기를 두지 않는 길입니다. 그러면 승리의 기쁨은 없다고 하더라도 적어도 패배의 쓴 잔은 마실 필요가 없습니다.

이와 마찬가지로 우리가 후회를 하는 이유는 계획을 세우기 때문입니다. 아무런 계획도 세우지 않고 그저 자연의 순리에 따라서 산다면 계획의 실패에서 오는 슬픔을 맛보지 않게 된다는 것입니다.

물론 이런 처방에는 일말의 진리가 있습니다. 자신의 실력을 무시한 지나친 포부, 다른 사람들에게 지지 않으려는 경쟁

심에서 계획된 거창한 일들, 그리고 인간의 유한성을 무시한 자기 확대중 환자들의 망상, 이런 사람들에게 앞의 주장은 이런 인위적인 자기 욕망과 자기 과신에 대한 통쾌한 교훈이 될 수 있습니다.

그러나 "자연의 순리대로 살아야 한다"거나 "자연으로 돌아가라"는 충고는 어디까지나 원칙적인 진리일 뿐입니다. 바로 여기 이곳에서 시시콜콜한 문제들을 즉각 해결하면서 살아가야 하는 구체적인 '사회 속의 인간'은 언제나 나름대로 계획을 하고, 그 계획을 실천할 수 있는 수단을 강구하고, 그 수단으로 자신의 목표를 가장 효과적으로 실천하려고 노력하면서 살게 마련입니다. 인간이란 계획하지 않을 수 없는 존재입니다. 되는대로 산다고 큰소리치는 사람도 나름대로는 삶에 대한 계획을 가지고 있습니다.

우리에게 필요한 자세는 모든 계획을 포기하는 대신에 과연 어떤 마음가짐으로 계획을 세워야 하느냐를 진심으로 반성하는 것입니다. 이것이 한 살씩 아름답게 나이를 먹어가는 과정입니다.

첫째, 우리는 진정 준비하는 마음으로 계획을 세워야 합니다. 준비하는 마음이 없는 계획은 처음부터 실패할 수밖에 없습니다. 모든 것은 준비한 사람에게만 옵니다. 준비하는 마음은 어떤 것일까요? 그것은 서두르는 마음이 아닙니다. 서두름은 언제나 낭비를 만들 뿐입니다. 그리하여 몽고메리(Bernard Montgomery) 장군은 일 초의 시각을 다투는 전쟁터에서도 준비가 될 때까지 기다렸다

고 합니다. 그리고 옛사람들은 영웅호걸도 때를 기다린다고 말했습니다.[43)

그럼에도 우리 주위에는 때를 기다리지 않고 김칫국을 먼저 마시려는 사람들이 너무나 많습니다. 매일 술을 마시면서 훌륭한 저금통장을 가진 사람을 시기하고, 자신은 성실하게 살지 않으면서 남에게만 공자님 말씀을 지껄이고, 자신은 무위도식하면서 호박을 넝쿨째로 차지하려고 하는 사람들이 너무나 많습니다. 대형 건물의 붕괴나 지하철 참사, 그것은 바로 우리들의 서두름 병이 불러온 천재가 아닌 인재였습니다.

인생에는 적어도 세 번의 기회가 온다고 합니다. 그러나 기회가 막상 왔을 때 서두르면 이미 때가 늦습니다. 기회를 잡으려면 먼저 준비하고 있어야 합니다. 그리하여 성서는 우리에게 "항상 깨어 있으라"고 경고한 것입니다.[44)

둘째, 그렇다고 해서 감이 떨어질 때까지 가만히 앉아 있는 것이 준비하는 마음이 되는 것은 아닙니다. 감은 익어서 저절로 떨어질 수도 있습니다. 그러나 그렇게 떨어진 감은 이미 추수의 감이 아니라 썩은 감일 뿐입니다. 그대로 놓아둔 곡식은 추수할 수 없습니다. 곡식은 심고 김매고 추수해야 합니다.

진정한 기다림은 진공 속에서의 기다림이 아니라 부단히 노력하고 피눈물나게 시도하는 삶이라는 구체적인 상황 속에서의 기다림이어야 합니다. 기다림은 단순히 '나를 버리고 가신 님이 발

병이 나서 되돌아오기를 바라는 마음'이 아닙니다. 그것은 필요하
다면 쫓아가서라도 붙잡을 수 있는 정열적, 적극적, 능동적인 기
다림입니다.

셋째, 그러면 착실히 준비하고 계획하면 모든 일이 저절로 성취
될까요? 그렇지는 않습니다. 여기에 바로 인간의 심각한 고민이 있
습니다. 사람들은 흔히 이렇게 울부짖습니다. 도대체 내가 무슨 죄
를 지었단 말입니까. 하늘도 무심하시지. 이 사회에는 정의가 없습
니다. 너무나 억울합니다. 이 세상은 나의 진심을 몰라줍니다.

분명히 인간의 짧은 생애 속에는 사필귀정으로 끝나지 않는 듯
이 보이는 일들이 많습니다. 그리고 그 중에는 정말 억울한 박해,
근거 없는 고통, 정당화될 수 없는 악이 있습니다. 나는 이 심각한
문제에 대하여 '진인사대천명盡人事待天命'이라는 고답적인 해결
책을 제시하고 싶지 않습니다. 그런 태도는 종종 모든 역사를 운
명에 맡기는 운명론자의 논리로 빠지기 쉽기 때문입니다. 그러나
나는 꼭 한 가지를 자신 있게 말하고 싶습니다. 그것은 내가 아직
도 살아 있다는 기쁨을 맛보라는 사실입니다.

물론 죽음이란 우리들이 생각하듯이 그렇게 나쁜 것이 아닐 수
도 있습니다. 그러나 세상을 떠난 수많은 주위의 사람들을 회상해
보십시오. 내가 아직 살아 있으면서 먼저 떠난 강홍수 목사님을
그리워할 수 있고, 1983년에 작고하신 어머님을 그리워할 수 있다
는 사실, 이것은 하나의 축복이 아닐 수 없습니다.

준비하는 마음 2

인간은 어디까지나 자연의 일부로 태어나서 자연의 일부로 돌아갑니다. 그 과정에서 인간이 할 수 있는 가능성이란 극히 제한되어 있습니다. 그러므로 자연을 역행하지 말고 자연의 섭리를 허심탄회하게 받아들일 수 있는 준비 자세가 되어 있어야 합니다. 세기의 문호인 셰익스피어는 「햄릿」에서 이렇게 말합니다.

인간은 자연의 조그만 것도 거역할 수 없다. 참새 한 마리가 떨어지는 것도 이미 예정되어 있었던 것이다. 그 참새가 지금 떨어지면 미래에는 떨어지지 않을 것이며, 지금 떨어지지 않으면 미래 언젠가는 떨어질 것이다. 우리가 할 수 있는 일은 준비하는 것뿐이다.

오슬러(William Osler, 1849~1919) 경은 마지막 만찬석상에서 그의 일생을 세 가지로 요약했습니다. 첫째는 매일의 일과를 성실히 수행하고 내일을 걱정하지 않는 침착성, 둘째는 그가 치료하는 환자들을 황금률에―남에게 대접을 받으려면 먼저 남을 대접하라는 법칙에―따라서 대할 수 있는 여유, 셋째로는 성공을 수치로 받아들이고, 친구의 사랑을 교만하지 않게 받아들이고, 괴로움과 슬픔이 닥쳤을 때 인류에게 도움을 줄 수 있는 용기로 맞이할 수 있는 준비된 마음을 가지고 살아왔다고. 이것이 바로 준비로 점철된 생활일 것입니다.

준비하는 삶에 대한 교훈은 동양의 선불교에서 굉장히 강조하는 사상입니다. 그리하여 원래 인디아의 브라만 출신으로 527년에 중국에 도착하여 중국 선종의 효시를 이룬 달마대사達磨大師가 쓴 것으로 알려진 「약변대승입도사행略辯大乘入道四行」에는 실천적인 행동에 의하여 도道로 들어갈 수 있는 4가지를 권장합니다.

첫째는 내가 받는 모든 고통을 타인의 책임으로 돌리지 말고 자기 자신의 업보業報의 결과라고 생각함으로써 모든 증오심을 없애는 보원행報怨行을 실천하고, 둘째는 삶의 가변적인 여러 조건과 환경에 적응함으로써 쓸데없는 자기 도취에서 벗어나는 수연행隨緣行을 실천하고, 셋째는 모든 것에 대한 집착을 버리는 무소

구행無所求行을 실천하고, 넷째는 모든 일을 법에 맞추어 행동하는 칭법행稱法行을 실천하는 사람만이 우주의 이치를 깨닫게 된다고 역설합니다.[45] 이런 사상은 『법구경』에도 잘 나타나 있습니다.

제악막작 諸惡莫作　모든 악을 짓지 말고
중선봉행 衆善奉行　무릇 선을 받들고 행하며
자정기심 自淨其心　스스로 그 마음을 깨끗이 하라
시제불교 是諸佛敎　이것이 모든 부처님의 가르침이니라

사람은 우선 악한 일을 하지 않으려고 노력해야 합니다. 물론 정확히 어떤 일이 악하며 어떤 일이 선한 것인지를 쉽게 구별할 수는 없습니다. 우리에게 놓인 선택은 선과 악의 확연한 구별이 아니라 대부분의 경우에는 더욱 커다란 악(the greater evil)과 더욱 적은 악(the lesser evil) 사이의 선택이기 때문에 쉽게 구별할 수가 없는 경우가 많습니다. 그러나 우리는 먼저 우리 스스로가 악한 일이라고 판단하는 일을 하지 않으려고 노력하고, 되도록이면 남에게 피해가 적은 행위를 택하려고 노력해야 합니다.

그러나 사람은 악한 일을 하지 않는 소극적 상태에 만족하지 말고 좋은 일을 하려고 부단히 노력해야 합니다. 그리고 적극적인 선의 행동을 하려면 먼저 우리들의 마음을 정화해야 합니다. 깨끗하지 못한 마음에서는 선한 행동이 나올 수 없기 때문입니

다. 제6조 선사인 혜능慧能은 이러한 사실을 그의 유명한 자성삼
보自性三寶로 전달합니다.

내조심성　　內調心性　　안으로는 심성을 조화롭게 하고

외경타인　　外敬他人　　밖으로는 타인을 공경하라

시자귀의야　是自歸依也　이것이 스스로 귀의하는 것이니라

먼저 먼지 낀 나의 마음을 맑은 거울과 같이 닦고, 그 다음에는
그렇게 청정한 마음으로 타인에게 봉사하는 것, 이것이 바로 부처
의 다르마에 귀의하는 것입니다.

아무리 나이 들어도 늘 처음인 듯, 마음을 청결히 하고 이웃과
동료를 도울 수 있는 마음가짐을 잃지 말아야 합니다. 시인 셸리
(Percy Shelley, 1972~1822)는 "기다림은 조용한 만족"[46]이라고 말합
니다.

시간의 신비

산을 좋아하는 사람은 계절을 가리지 않습니다. 봄산은 생명의 새로운 소식을 알려주고, 여름산은 신록의 향기를 건네주며, 가을산은 단풍제를 베풀어주고, 겨울산은 우주의 신비를 덮어버린 흰눈의 축제를 열어줍니다.

산에 미친 사람은 날씨도 가리지 않습니다. 비가 온다고 해서 중지하지 않으며, 비가 개었다고 해서 오르지 않을 산을 오르지 않습니다. 눈이 내리지 않으면 하늘이 맑아서 좋고, 눈이 내리면 경치가 장관이라 좋습니다. 그야말로 단순히 "산이 거기에 있기 때문에 오릅니다."

산과 시간. 나는 어느 핸가 나이를 한 살 더 먹으면서 옛날에

썼던 산에 대한 수필을 생각했습니다. 마치 산이 거기에 있어서 오르듯이, 시간이 오기에 그저 따라가는 듯한 생각이 들었던 것입니다. 시간이 오기에 맞이하고 또한 시간이 사라지기에 헤어지는 것이 우리의 삶이라는 생각이 들었습니다.

그러나 산과 시간 사이에는 한 가지 분명한 차이가 있습니다. 열심히 산을 오른 사람은 언젠가는 정상의 환희를 맛볼 수 있습니다. 물론 모든 사람이 이런 정상 경험(peak experience)을 하는 것은 아닙니다. 하지만 적어도 정상은 항상 그곳에 있으며, 뜨거운 땀방울을 흘리면서 묵묵히 발자국을 옮기는 사람은 끝의 기쁨을 맛볼 수 있습니다.

그러나 시간은 영원히 붙잡을 수 없습니다. 시간에는 정상도 없으며 절정도 없습니다. 시간은 그저 흘러갈 뿐이며, 한번 흘러간 시간은 다시 돌아오지 않습니다. 학자들이 시간을 '통과의 신화'라고 말하는 이유가 여기에 있겠지요.

산과 시간의 차이는 공간과 시간의 차이라고 말할 수 있습니다. 흔히 우리는 시간과 공간을 같은 종류의 개념으로 사용합니다. 그리하여 '시공을 초월한 진리'라든지 '때와 장소에 구애받지 않는 사랑'이라는 표현 등을 쉽게 씁니다. 그러나 조금 더 생각하면 시간과 공간 사이에는 엄청난 차이가 있다는 것을 알게 됩니다.

첫째, 공간은 언제나 한 곳에 머물러 있습니다. 물론 공간도 유구한 시간이 지나면 사라질 것이지만 적어도 당분간은 한 곳에 그대로 머물러 있습니다. 그러나 시간은 언제나 흘러가고(flow), 전진하고(advance), 지나갑니다(pass). 장소와는 달리 시간은 계속 흘러가는 속성을 가지고 있습니다.

둘째, 시간은 계속 앞으로만 나아가기 때문에 장소와는 달리 과거의 시간으로 되돌아갈 수 없습니다. 장소는 앞으로 나갈 수도 있고 뒤로 되돌아갈 수도 있는 듯이 보입니다. 우리는 일정한 공간을 차지하고 있던 책상을 다시 그 자리에 되돌려 놓을 수 있습니다. 그러나 지나간 시간을 되돌려 놓을 수는 없습니다.

셋째, 멈추어 있는 공간과 끊임없이 흘러가는 시간은 각기 측량 방법이 다릅니다. 공간을 차지하고 있는 책상은 쉽게 그 넓이와 부피를 잴 수 있으나 쉼없이 흘러가는 시간을 정확히 잴 수 있는 기구는 없습니다.

물론 우리는 시계를 가지고 시간을 과거 · 현재 · 미래로 측량할 수 있다고 생각합니다. 하지만 우리는 여기서 이 시계의 근거를 다시 물을 수 있습니다. 도대체 시계가 가리키는 1초나 1분이나 1시간은 무엇을 기준으로 하고 있을까요? 일부 학자들은 시간 측정의 기준으로 해 · 달 · 별의 운동을 제시합니다. 해가 동쪽에서 떠서 다시 제자리로 오는 것을 24시간으로 정하고, 다시 그것을 24등분하면 1시간이 되고, 그것을 다시 60등분하면 1분이 된다고.

그렇다면 우리는 여기서 다시 다음과 같은 질문을 던질 수 있습니다. 24시간이라는 하루를 결정하는 것은 해의 운동 자체인가? 또는 그 운동이 수행되는 기간인가? 그렇지 않으면 이 양자의 종합인가? 이렇게 보면 시간 측정은 굉장히 어렵다는 사실을 알게 됩니다.

알고도 모를 것이 시간입니다. 평소에는 잘 알고 있다고 생각하다가도 가만히 생각하면 또 모르게 됩니다. 이것이 바로 시간의 신비성입니다. 그리하여 아우구스티누스는 『고백록』에서 이렇게 말합니다. "우리는 분명히 시간을 말할 때 그것을 이해하며, 다른 사람이 말할 때도 시간을 이해합니다. 그렇다면 시간이란 무엇인가? 아무도 나에게 묻지 않으면 나는 시간을 알고 있습니다. 그러나 내가 시간을 묻는 사람에게 설명하려면, 나는 전혀 시간을 알 수 없습니다." [47]

대부분의 사람들은 시간의 연속성과 신비성을 전혀 느끼지 못하면서 세상을 삽니다. 그저 물결 흐르는 대로 떠내려가면서 삽니다. 또한 시간을 의식한 일부의 사람들은 이런 시간을 정복하려고 인간의 칼을 들고 대항합니다. 그러나 시간을 초월, 극복, 정복하려는 인간의 모든 노력은 바로 시간의 연속성과 신비성을 또 한 번 증명할 뿐입니다.

그럼에도 종교인은 시간을 거꾸로 살 수도 있고, 아득한 옛날 옛적의 시간을 재현시킬 수도 있고, 까마득하게 잊었던 시간을 되찾을 수도 있습니다. 이것은 단순히 시간의 흐름을 슬프게 바라보지 않고 어쩔 수 없는 운명의 작희作戱로 바라본다는 뜻이 아닙니다. 종교인에게 시간은 역류逆流될 수 있습니다.

부처님이 깨달았던 시간을 오늘 재현시키고, 예수님의 부활을 오늘 체험하고, 죄를 짓기 이전의 에덴동산을 오늘 현실화시킨다는 것은 곧 시간을 거꾸로 산다는 뜻입니다. 더구나 진정한 종교인에게는 이러한 시간의 역류가 한 번만 가능한 것이 아니라 얼마든지 가능한 것입니다. 그리하여 엘리아데는 종교인에게 있어서 시간은 항상 움직이는 헤라클레이토스적인 것이 아니라, 파르메니데스적인 정지의 시간 또는 현재의 시간이라고 말합니다.

결국 시간의 신비성에 대처하는 방법에도 세 가지가 있습니다. 어떤 사람은 그저 태어났으니까 산다고 생각합니다. 한 해가 오면 새로 맞고, 사라지면 보낼 따름입니다. 여기서 삶은 그저 흘러가는 대로 방치될 수도 있고, 앞으로의 인생은 생각지 않은 채 지금 당장의 쾌락에만 빠져 도끼자루 썩는 줄 모를 수도 있습니다.

다른 사람은 어차피 이해할 수 없는 시간이며 거역할 수 없는 시간이라면 비겁하게 시간의 구속을 받지 않는 자살을 꿈꾸기도 합니다. 실존주의 철학자 카뮈가 인간이 가장 심각하게 생각해야 할 유일한 문제는 "나는 자살해야 하느냐?"는 것이라고 말한 이유가 여기에 있습니다.

그러나 자살은 시간의 극복이 아니라 시간에 대한 굴복일 뿐입니다. 그것도 비굴한 굴복일 뿐입니다. 나 한 사람의 자살은 시간의 흐름을 방지할 수 없으며, 수백 명의 자살도 시간의 방향을 변경시킬 수 없습니다.

그러므로 우리에게 남은 유일한 적극적인 삶은 시간의 신비성을 그대로 가슴으로 떠맡는 것입니다. 영원한 삶이 아니기에 더욱 낙심하지 말아야 한다고 믿으며, 되돌릴 수 없는 시간이기에 더욱 천지간에 부끄럼 없이 살려고 노력하고, 쉽게 측량할 수 없기에 순간까지도 소중하게 여기는 삶이 되도록 노력해야 합니다.

시간에 떠밀려 가는 삶, 시간에 굴복하는 삶, 시간을 적극적으로 이용하는 삶. 우리에게는 이 세 가지 선택이 있습니다. 과연 내게 남은 삶은 어떤 모습일까요?

싯다르타의 깨달음

모든 사람은 늙어서 병들어 죽습니다. 그럼에도 우리는 이것을 마치 남의 일인 양 평소에는 심각하게 생각하지 않습니다. 그러나 석가는 이 노병사老病死를 '남의 운명'이 아닌 '나의 운명'으로 받아들이는 실존적 과정을 지나면서 깨달은 불타가 됩니다.[48]

페미니스트인 보봐르는 『노인의 도래』에서 일반적으로 우리에게 사문유관四門遊觀이라고 알려진 그 장면을 이렇게 말합니다.

싯다르타가 아직 깨닫지 못한 왕자였을 때, 그는 그를 둘러싼 훌륭한 궁전을 떠나 시골길을 자주 여행했다. 어느 날 그는 생전 처음으로 이빨이 전부 빠지고, 주름살이 가득하고, 비틀거리는 백발노인이 지팡이를 짚고 걸어가면서 혼자 중얼거리는 모습을 발견했다. 왕자는 그 광경을 보고 깜짝 놀랐는데, 늙은 마차꾼은 그것이 바로 늙음의 실상實相이라고 설명해 주었다. 그러자 싯다르타는 이렇게 외쳤다. "나약하고 무식한 존재가 젊음의 허영에 들떠 있으면서 자신의 노년을 보지 못한다는 것은 참으로 슬픈 일이다. 빨리 궁전으로 돌아가자. 나도 노인이 되면 저렇게 될 것이다. 그렇다면 현재의 쾌락과 즐거움이 나에게 무슨 소용이 있겠는가." [49]

싯다르타는 그 노인의 모습에서 자신의 운명을 인식했습니다. 모든 인류를 구원하기 위해 이 세상에 온 그는, 인간 존재의 전체를 자신의 짐으로 받아들였습니다. 이 점에서 그는 보통사람이 아니었습니다. 대부분의 사람들은 인간을 괴롭히는 노병사의 슬픔을 회피하고 있기 때문입니다. 결국에는 완전히 회피할 수 없음에도 불구하고.

그러면 우리는 늙음을 어떻게 회피하려고 할까요? 보봐르는 몇 가지 실례를 듭니다. "미국인들은 죽음이라는 단어를 완전히 없애버렸습니다. 그래서 그들은 '죽은 사람'이라고 부르지 않고 '떠난 분'(the dear departed)이라고 부릅니다. 그러면서 노년에 대한 모든 언급을 회피하는 것이 상식이 되었습니다. 이런 현상은 프랑스의 경우도 마찬가지입니다. 나는 내가 이 타부를 지키지 않았을 때의 대중의 분노를 잊을 수 없습니다. 내가 이미 늙었다는 것을 인정한다는 사실은 결국 노년은 모든 사람에게 찾아오며, 이미 그들을 덮치고 있다고 말하는 것이라고 기술했습니다. 그러자 수많은 사람들, 특히 늙은이들이 화를 내면서 여러 번 반복해서 내게 말했습니다. '노년은 존재하지 않는다. 더 늙고 더 젊은 사람은 있다. 그것뿐이다.' 이렇게 사회는 노년을 '언급하지 않는 것이 좋은 일종의 부끄러운 비밀'(a kind of shameful secret)로 봅니다."[50]

그러나 보봐르는 노년에 대한 이런 침묵을 깨뜨리기 위해 『노년의 도래』를 집필했다고 말합니다. 『뉴욕타임즈』가 이 책을 '보편적인 개인적 분노'(universal private anguish)와 '보편적인 공적 침묵'(universal public silence)의 대결이라고 표현한 이유도 여기에 있습니다.[51] 보봐르는 이렇게 말합니다.

나는 이 침묵의 음모를 깨뜨리고 싶다. 마르쿠제는 소비사회가 시민의 양심의 가책을 없애며, 그래서 소비사회는 모든 죄책감을 정죄한다고 말한다. 그러나 여기서 얻는 마음의 평안은 곧 깨지게 마련이다. 노인에 관한 한, 우리 사회는 아무리 소비사회가 되어도 죄책감을 갖고 있을 뿐 아니라 아예 범죄적이다. 우리는 팽창과 풍요의 신화 뒤에서 노인을 국외자로 취급한다.

현재 인구의 12퍼센트가 65세 이상으로 노인의 비율이 이 세상에서 가장 높은 프랑스에서 노인들은 가난, 노망, 착취, 절망에 방기되

어 있다. 그리고 이런 상황은 미국에서도 마찬가지다. 노인의 목소리
는 강제로 인정될 뿐이다.[52]

더 나아가서 노인을 대하는 사회의 태도는 극히 양가적兩價的
입니다. 한편으로 노인은 특별한 계층을 구성하지 않습니다. 노인
의 복지를 선양시키려는 노인당도 별로 없습니다. 노인의 잘못은
젊은이나 장년의 잘못과 다름없이 벌을 받습니다. '성년의 날'은
있어도 '노년의 날'은 없습니다. 그러나 다른 한편으로 노인은 사
회에서 밀려난 계층입니다. 보봐르는 다시 말합니다.

우리는 더 이상 속지 말아야 한다. 삶의 모든 의미는 우리를 기다
리고 있는 미래에 대한 탐구에 있다. 우리가 미래에 어떻게 될지 모
른다면, 우리는 우리의 현재를 알 수 없다. 이제 우리는 우리의 존재
를 늙은 남자와 늙은 여자로 인식하자. 만약 우리가 인간 전체를 완
성하려면, 우리는 그렇게 인식해야 한다. 이런 인식은 노년의 마지막
비참을 위로하려는 것이 아니다. 다만 인간적으로 그들에게 무관심
하지 않으려는 것이다.[53]

여기서 보봐르는 우리 모두가 싯다르타의 깨달음을 얻어야 한
다고 제안합니다. 우리가 정말 사람답게 살려면.

한국에서 나이 들어간다는 것

— 『나이듦에 대하여』를 읽고

젊어서는 늙음을 모릅니다. 몸과 마음이 늙은 다음에야 비로소 늙음을 알게 됩니다. 작가는 이렇게 말합니다.

산다는 것은 늙어간다는 것이다. 그럼에도 우리는 늙음이란 젊음이 스타카토로 끝나는 어느 날 별개의 삶처럼 시작되는 것으로 생각한다. 그래서 기를 쓰고 늙음을 밀어내려고 애쓴다. 마지못해 늙음 이후의 생활을 예비하면서. 하지만 늙음 이후의 생활, 즉 노후 생활이 어떻게 따로 있을 수 있는가. 노전 생활이란 말이 없는 것처럼 노후 생활이란 말도 틀린 말이다. 우리는 그저 계속 늙어가고 있을 뿐이다.[54]

그러면 누가 늙음을 마치 '별개의 삶'으로 착각하나요? 도대체 어떤 노인이 자신의 늙음을 실감하지 못하고 있다가 어느 날 갑자기 그것을 실감하게 되나요? 불행하게도 대한민국에서 현재 살고 있는 대부분의 노인 모두가 여기에 해당합니다. 그들은 지금까지 정말 열심히 살아 왔습니다. 그러면서도 도대체 왜 이렇게 앞만 보고 달려야 하는지를 생각조차 하지 않았습니다. 그것은 마치 "현재 내가 할 일이 100만 가지가 되어서 도대체 왜 내가 이렇게 바쁜지를 알 수 없다"는 농담에 잘 나타나 있습니다. 작가는 자신의 과거를 회상하면서 이렇게 말합니다.

돌이켜 보면 30대가 다 가던 무렵까지 나이를 의식한 적이 별로 없는 것 같다. 물론 틀을 벗어난다는 건 꿈도 꾸지 못하던 세대답게 몇 살에는 결혼을, 몇 살에는 출산을, 하는 식으로 나이에 맞춘 삶을 당연하게 생각하긴 했다. 하지만 그건 그저 몇 살에는 입학을, 몇 살에는 졸업을, 하는 것과 같은 의미였다. 나이는 내 밖에 있었지, 그게 내 속의 거라고 생각하지 않았다.

서른아홉 살이 되자 나이가 나에게 느닷없이 말을 걸어 왔다. 이젠 그냥 주어지는 대로 나이를 먹지 말고 어떻게 나이를 먹을지 좀 생각해야 할 때가 아니냐고 나를 부추겼다. 나는 앞으로 10년쯤 더 나이가 든 내 모습이 지금과는 달라야 한다는 오직 한 가지 결심으로 삶의 방식을 조금 바꿔 보았다. 그리곤 갑자기 전보다 몇 배나 바빠

진 생활 때문에 밖의 나이도 내 안의 나이도 다 잊었다.

그런데 쉰이 지나면서부터 몸이 자꾸 말을 하고 싶어 했다. 마음은 나이 먹은 것을 잊었을지 몰라도 몸은 쉬지 않고 나이를 먹어 갔는데 왜 그걸 모른 체하느냐고 경고를 보냈다. 마침 그때 별 굴곡 없이 살았던 내 생활에 남편의 사업 실패라는 큰 사건이 벌어졌다.

내 삶은 잠깐 휘청거렸다. 너무나 고요해서 지루함까지 느끼던 안온한 일상이 순식간에 무너질 수 있다는 깨달음에 정신이 번쩍 들었다. 다행스럽게도 경제적 타격은 금방 회복되었지만 정신적 스트레스는 예상했던 것 이상으로 오래갔다. 10년 이상 쌓여 온 과로를 겨우겨우 다독거리면서 버텨온 내 몸에 과도한 스트레스가 겹치자 심신이 모두 용량 초과 상태를 아슬아슬하게 유지해 나가고 있었다.

실은 몸이 말을 걸기 시작했을 무렵부터 나는 바짝 몸과 나이라는 화두에 골몰하고 있었다. 일단 몸과 나이가 관심의 줄기로 떠오르니까 그전엔 깊은 생각 없이 받아들였던 일들이 새삼스레 의미를 지니고 떠올랐다. 평소 나는 "누구나 늙는다"고 마치 모든 걸 다 꿰뚫고 있다는 듯 태연한 척하면서도, 정작 자신의 나이듦에 대해서는 구체적으로 생각하기 싫어했다. 또 간간이 노인 문제가 부각될 때마다 그것을 나하고는 동떨어진, 그냥 하나의 사회적 문제로만 건성건성 대했다. 하지만 이제 몸의 말에 귀를 기울이게 되면서 나는 자신의 나이듦을 똑바로 쳐다볼 수 있는 눈을 얻었다.[55]

우리는 대개 이런 '몸의 반란'을 통해, 즉 평소에 철저하게 무시했던 몸이 보내온 신호를 통해 늙음을 알게 됩니다. 작가는 이렇게 말합니다. "어렸을 때부터 나는 마음이 건강한 몸은 건강할 수밖에 없다고 믿었습니다. 그리고 난 선천적으로 건강한 마음을 가지고 태어났기에 내 몸도 망가질 수 있다고는 꿈에도 생각하지 못했습니다. 대부분의 여성들이 그렇듯이 나는 내 몸을 마구 부려먹었습니다. 취직, 결혼, 출산, 육아로 이어진 여성의 시간 속에서 내 몸은 쉴 틈이 없었습니다. 게다가 워낙 노는 걸 좋아하는 편이라 틈만 나면 결사적으로 놀았습니다. 가장 대표적인 놀이는 친구들과 밤새도록 마시고 떠드는 일이었습니다. 아무리 피곤해도 하룻밤 자고 나면 몸은 말짱하게 돌아왔습니다."[56]

그 후 "나는 아이들을 어느 정도 키우고 어른들 말씀대로 이젠 몸이 좀 편해질 즈음에 다시 사회생활을 시작했습니다. 10여 년 동안 전담해 왔던 집안일은 조금도 줄지 않은데다 나를 위한 새로운 일이 더해져 몸은 더욱 더 혹사당할 수밖에 없었습니다. 안정적인 일보다 새로운 일에 훨씬 더 매력을 느끼는 성격 탓에 일은 날마다 늘어만 갔습니다. 어느새 일 중독증 비슷한 증세까지 나타나 일과 일 사이에 자그마한 틈새라도 생기면 내가 너무 게으르게 사는 게 아닌가 하는 죄책감까지 일었습니다. '즐겁게 일하면 과로는 없다'가 새로운 모토가 되었습니다. '일한 만큼 쉰다'가 아니라 '일한 만큼 논다'며 밤새워 노는 일도 계속 열심히 했습니다.

그러나 쉰이 넘으면서부터 자주 피로감을 느끼기 시작했습니다. 피로감은 실컷 자고 나도 사라지지 않고 하루 종일 지속되곤 했습니다. 언제부터인가 생리 때마다 심한 몸살을 앓았습니다. 생리 양이 자꾸 늘어났지만 아마 폐경기가 가까워지니까 그런가보다 하고 일생 안 먹던 진통제를 먹는 걸로 넘기곤 했습니다. 그러다가 결국 쓰러지고 말았습니다. 지난 반백 년 동안 철저하게 무시당해 왔던 내 몸은 이렇게 멋지게 반란을 일으켰습니다."[57]

그러나 한국의 노인들은 이런 몸의 반란 못지않은 정신적 고통을 당하고 있습니다. 솔직히 말해서 "7, 80대에 속한 사람들은 대부분 노후 대책에 대해 특별히 걱정을 안 하고 살았습니다. 워낙 궁핍한 시절을 겪은 터라 당장의 호구지책을 해결하는 일만으로도 여력이 없었을 뿐 아니라 전통적인 가치관이 아직 강하게 남아 있었기 때문입니다. 일단 죽을 힘을 다해 자식들을 어느 정도 먹이고 가르치고 나면 노후는 당연히 자식들 책임이라고 굳게 믿었습니다. 급격한 산업화를 치르면서 모든 전통이 와그르르 무너져 가는 걸 보면서도 국가는 노인 부양 문제에 대해서는 오로지 효 하나면 만사 오케이라는 식으로 버텨 왔습니다. 정말 그렇게 믿어서 그랬는지 아니면 돈이 없어서 그랬는지 잘 몰라도, 앵무새처럼 동방예의지국을 강조하는 것 하나로 곧 닥칠 노인 문제를 덮어 왔던 것입니다. 하지만 노인의 삶은 너무나 빨리 변했습니다."[58]

첫째, "수명 연장은 노인 부양 기간을 대폭 늘였습니다. 신노년

세대로 진입하는 여성들이 결혼 생활을 시작했던 2, 30대였을 때만 해도 환갑 즈음의 부모는 노인에 속했습니다. 부모 스스로도 그렇게 생각했고 자식들도 그렇게 보았습니다. 환갑잔치는 동네 잔치였고, 대도시에서도 회갑연 전문 식당이 곳곳에 들어섰습니다. 이제 환갑을 지냈으니 돌아가실 날이 멀지 않은 부모를 따로 살게 한다는 건 불효 중의 불효였습니다. 젊은 며느리는 앞으로 한 10년 모시다가 돌아가시면 남 보기에도 좋으리라는 마음에 선뜻 나섰습니다. 그러나 이제 며느리가 환갑이 되었는데도 시집살이는 끝나지 않는 경우가 흔합니다."

둘째, "신노년 세대는 윗세대에 비하면 출산하는 자녀들의 수가 대폭 줄어들었습니다. 기껏해야 두세 명의 아이들을 다 키워내고 나면 대개 50세 즈음입니다. 자녀 양육과 가사에서 벗어나는 해방감이 큰 만큼 이 연령대부터 노인 부양의 부담감은 상대적으로 더 커집니다."

셋째, "개인주의의 확산은 젊은이들만의 전유물이 아닙니다. 가족을 최대의 가치로 여겼던 신노년 세대도 시대와 더불어 자꾸 자신을 돌아보게 됩니다. 세상은 온통 '나'를 찾으라 하는데 나는 이 나이가 되도록 며느리 노릇에서 벗어나지 못하고 있으니 억울합니다. 내가 이렇게 주저앉게 된 건 전적으로 노인 부양 때문이라는 생각에 젊었을 때는 다소곳이 받아들였던 효에 대해서 거부감을 느끼게 됩니다."[59]

넷째, 특히 한국의 남자 노인들은 몸과 마음의 반란뿐 아니라 그들이 그렇게 믿어 왔던 아내로부터의 '배반'을 참고 견디어야 합니다. 도대체 그 이유는 무엇입니까?

잘살아 보겠노라는 일념 아래 새벽 달빛을 받으며 일터로 향했던 이들, 아이들 교육에서부터 부모님 수발까지 일체의 집안일을 아내에게 떠맡겼던 이들, 여자의 세계는 남자지만 남자의 세계는 온 세상이라며 우쭐해 하던 이들, 죽어라 일하면 황홀한 노년은 저절로 보장되리라고 철석같이 믿었던 이들. 그들이 자신이 계획했던 것보다 훨씬 빨리 '그들만의 세상'으로부터 밀려나고 말았다. 나이가 더 이상 경륜으로 인정받지 못할 뿐 아니라 부끄러운 무엇으로 취급받는 세태 속에서 그들은 순식간에 추방당했다.

이제 "내 쉴 곳은 오직 내 집뿐"이라는 노래에 한 가닥 희망과 자존심을 걸고 그들은 집으로 가는 길에 올랐다. 세상에 배반당한 그들은 이제 여생의 길동무로 남은 아내로부터 위로받기를 기대했다. 그러나 여보, 나 돌아왔어, 다정히 부르는 소리에 웬걸, 아내들은 가슴이 철렁, 얼굴은 흙빛으로 변한다. 이성적으로 생각하면 그래선 안 된다고 다짐해 보지만 반가운 마음보다 부담스런 마음이 먼저 앞서는 걸 어쩌랴. 시대와 상황이 밀어낸 남편을 나 아니면 누가 따뜻하게 품어 주겠느냐고 애써 부드러운 미소를 띠어 봐도 이미 입가는 이지러진 상태가 된다.

지금 중노년에 이른 부부들은 결혼하고 20~30년이 지났어도 진정 '함께 사는 법'을 배운 적도 없고 훈련을 받은 적도 없다. 그들은 외계에서 온 사람들처럼 서로에게 낯설다. 거의 하루 종일을 한 공간에서 보내지만 그들 사이엔 별로 할 이야기가 없다. 지척이지만 천리처럼 느껴지는 그들 사이의 거리를 무엇으로, 어떻게 메우느냐 하는 문제는 보통 심각한 고민거리가 아니다.[60]

사정이 이런 형편임에도 불구하고, 정부의 시책은 뛰어도 모자랄 판에 거북이걸음을 걷고 있습니다. "무엇보다 다양한 수준, 다양한 형태의 시설들을 곳곳에 마련해야 합니다. 그래서 각자가 자기 수준과 취향에 맞는 시설을 선택할 수 있어야 합니다. 시설들은 집단 수용소가 아니라 새로운 형식의 공동체라는 개념 위에서 세워져야 합니다. 그리고 늙어서도 혼자 독립적으로 살고 싶은 사람들을 위해서는 지속적인 도움과 관심을 보이되, 보호의 관점이 아닌 존중의 관점이 밑받침되어야 합니다. 또 죽을 때까지 가족과 함께 지내려는 사람들을 위해서는 가족들의 경제적 부담을 덜어주는 쪽으로 체계적인 도움을 주어야 합니다."[61]

나는 한때 미국은 젊은이에게는 천국이지만 늙은이에게는 지옥이라고 말하곤 했습니다. 그러나 한국이 이제 바로 그런 나라가 되고 말았습니다. 어디를 가도 활개를 치는 것은 젊은이뿐이며,

텔레비전의 사회자도 하나같이 젊은이가 차지하고 있으며, 늙은
이는 고작해야 술에 취해서 지하철 자리를 양보하지 않는다고 젊
은이에게 술주정을 부리는 신세가 되었습니다. 그러나 작가는 늙
음이 그렇게 나쁜 것만은 아니라고 강조합니다.

첫째, 나는 치열하게 살지 않는 인생은 인생이 아니라고 생각해
왔다. 그렇다고 크게 이름을 남기고 싶은 것도 아니었다. 그냥 조그
맣더라도 세상에 왔다간 자취는 남겨 두어야 한다는 그런 종류의 치
열함이었다. 그런데 이제 조용히 뒤돌아보니 나는 치열함과 분망함
을 혼돈하며 살았던 것 같다. 내 인생은 그저 분망하기는 했지만 진
정한 의미에서의 치열함과는 거리가 멀었다. 나의 성격 자체가 한 가
지를 붙들고 매진하는 어떤 열정 같은 것이 부족했기 때문이었다. 그
렇다면 지금부터라도 제대로 치열하게 살아야겠다고 다짐해야 할까.
제발 참으라고 몸이 막고 나선다. 나를 위해서 좀 느슨하게 살아 달
라고. 꼭 무언가를 남겨야만 하는 건 아니라고.

둘째, 나는 즐겁지 않은 인생은 인생이 아니라고 생각했다. 그래
서 우울함은 물론이고 심심함조차 내 시간은 용납할 수 없었다. 하지
만 몸은 인생이 꼭 즐겁지만은 않을 수도 있음을 가르쳐 주었다. 즐겁
지 않은 것도 나의 인생이었다. 내 인생이 즐겁지 않을 수도 있다는
걸 받아들이는 데는 시간이 필요했다. "인생은 짧은 즐거움과 긴 괴
로움의 연속"이라는 말은 문학적 수사가 아니었다. 그건 모든 사람

들의 현실이며 나의 현실이었다.

　셋째, 나는 한때 인생이 예측 가능하다고 믿었다. 인생이 자신을 속인다고 울부짖는 사람들은 탄탄한 준비를 하지 않은 게으른 자들이라고 생각했다. 살아가는 길 곳곳에 숨어 있다는 함정에 난 절대로 빠지지 않을 자신이 있다고 자만했다. 남들은 다 빠져도 나만은 결코 빠지지 않으리라는 그 자만심이 과연 어디서 비롯되었던 것인지. 남에게 일어날 수 있는 일은 바로 나에게 일어날 수 있는 일이라는 당연한 진리를 깨닫는 데 참 오래도 걸렸다.[62]

작가는 이렇게 결론 내립니다. "나이가 들고 몸이 약해진다는 게 반드시 나쁘기만 한 일이 아닌지 모르겠습니다. 세상의 한 복판으로 뚫고 들어가 치열하게 사는 대신 멀찌감치 물러나서 조용히 구경만 해도 뭐 뒤떨어진다는 느낌이 들지 않아서 좋습니다. 또 가난과 질병으로 고통을 겪는 이들의 이야기를 들으면서 건성으로가 아니라 진짜로 눈물을 흘릴 수 있어서 좋습니다."[63]

나이듦의 영광
— 『찰라와 영겁』을 읽고

성서는 '백발의 영광'을 노래합니다. 늙음은 치욕이 아니라 영광이 될 수도 있다는 것입니다. 정규복도 비슷한 어조로 '노경老境의 희열'을 말합니다.

노경에 이르면 늘어나는 주름살, 꾸부정한 모습, 느릿한 행동은 말할 것도 없고, 더구나 정력과 의욕이 쇠잔해지게 마련인데, 이를 본 청년들은 그네들의 씩씩한 의욕과 정력과 대조시켜 늙은이들은 아무런 희망과 쓸모가 없는 가엾은 대상물로 생각할 수도 있을 것이다.

그렇지만 이와는 달리 내가 비로소 늙어가면서 터득한 바에 따르면, 그렇게 희망이 없는 것은 사실이지만, 절망적으로 파악된 것은 크나큰 오류라는 것이다. 오히려 늙어가면서 때로는 나름대로 경험하는 즐거움의 세계가 있고, 한편 젊은이들은 과다한 의욕으로 심한 갈등을 느낀 나머지 마침내 고통의 수렁에 빠지지만 자기의 한계를 미리 알고 일찌감치 체념하여 마음의 고요를 찾는 것은 늙은이들만이 지닌 특권인 것 같다.[64]

그러면 이런 노경의 희열은 구체적으로 어떤 식으로 나타날까요? 그리하여 노경에 이르자 인생을 바라보는 폭이 활짝 열렸다고 말할 수 있는 근거는 어디에 있습니까?

첫째, 종교의 문제에 있어서 작가는 기독교의 문자주의에 얽매어 다른 종교들과의 갈등을 겪지 않을 수 없었습니다. "하지만 노경에 이르러 죽음의 문제와 싸우면서, 죽음은 결국 영원으로 들어가는 관문으로 이해되었고, 이로써 전통 종교도 깊이 수용하여, 진리가 하나인 것 같이, 종교도 그 핵심은 하나임을 인지하게 되었습니다."[65]

둘째, 예술 작품에 있어서 작가는 복잡한 것보다는 단순한 것, 인위적인 것보다는 자연적인 것을 선호하게 되었습니다. 예를 들어서 피카소의 그림 중에서도 복잡한 것보다는 단순한 것을 선호하게 되었고, 아름다움에 있어서도 인조미人造美보다는 자연미自然美를 더욱 선호하게 되었습니다.

인공적으로 꾸며진 것보다는 풀 한 포기, 야생화, 시냇물, 새소리, 보잘 것 없는 바윗돌 등에서 오히려 우주의 신비를 읽는 듯 미의 극치를 느낀다. 정말로 자연미가 얼마나 위대한 것인가를 비로소 터득한 것 같다. 즉, 예술은 아무리 크다 한들 인간이 꾸며놓은 것이지만, 자연은 아무리 작다 하더라도 예술을 창조할 수 있는 인간을 능히 만들어 낸 천공天公의 천의무봉天衣無縫한 작품이기 때문에 그 위대성에 있어서는 예술에 비길 바 못된다고 감히 말할 수 있다.[66]

셋째, 학문에 있어서 작가는 이제 배움이 무엇인지 알게 되어 한참 재미를 느끼게 되었다고 고백합니다. 그리하여 그는, 학문의 생명은 정확성과 객관성에 있다고 말하면서도, "정확성은 하나의 의무이지 덕목은 아니다"라는 하우스만(A. E. Houseman, 1859~1936)의 경구를 잊지 않는 경지에 도달한 것입니다.

여기서 작가는 늙음을 솔직히 수용할 뿐 아니라 오히려 늙음을 또 다른 도약의 발판으로 삼고 있습니다. 그는 이미 백발이 영광이 될 수 있음을 증명한 것입니다.

노경에 이르자 인생을 바라보는 폭이 활짝 열려 무엇인가 알 수 있는 것만 같다. 임어당林語堂은 일찍이 인생을 바라보는 시각에 대하여 "청년의 시각은 집뜰에서 외계를 보는 것 같고, 장년의 시각은 마당에서 외계를 보는 것 같고, 노년의 시각은 노대 위에서 전면을 조망하는 것 같다"라고 한 바와 같이, 고희에 이르러 임어당의 말을 이해할 수가 있다. 공자도 70에 이르러 "마음대로 하여도 법도에 어긋나지 않는다(從心所欲不踰矩)"라 한 바대로, 그 경지에까지 이르지 못했다손 치더라도 인생이 무엇인가 잡히는 것 같다. 즉 젊었을 적에 시시비비를 따져 지나치게 얽매이는 것과는 달리, 장자의 "모든 사물은 완성도 없고 훼손도 없으며, 결국은 둘이 서로 다시 통하여 하나가 되게 마련이다(凡物無成與毀 復通爲一)"의 말대로, 인생은 결국 시륜 속에 비非가 있고, 비 속에 시가 있는 음양상승陰陽相乘의 존재임을 뒤늦게 비로소 깨닫듯, 인생을 너그럽게 포용하는 것이 삶의 큰 슬기인 것만 같다.[67]

이순희는 「여생」에서 늙음의 슬픔을 솔직히 인정합니다. "늙으면 무엇을 붙잡고 살아야 할까요. 품위 있고 값지게 산다는 것이 얼마나 추상적이며, 결코 쉬운 일이 아님을 알겠습니다. 여행을 다니고 취미 생활을 하는 것도 형편이 좋을 때 이야기입니다. 더 늙어 눈이 흐려지고 치명적인 병까지 얻게 되면, 살아 있는 것이 욕이 되고, 자식들과 저금통장에 의존하게 됩니다."[68] 그러면서도 그는 '낙관적 돌파구'를 제시합니다.

늙어간다는 이야기는 그다지 기죽을 일이 아니라 항거해 본다. 젓갈도 곰삭은 것이 맛이 있다고 하지 않던가. 노후는 가을 수확을 앞둔 과일과 곡식이 영그는 계절, 결코 흘러간 세월이 아니라고…. 열심히 살았으며 또 그렇게 살 거라고 스스로 일깨워 본다.

나뭇잎이 떨어져 썩음은 무익한 일이 아니며, 어린 나무를 자라게한다. 해가 바뀌고 싹이 트면 나무들은 속삭일 것이다. 아, 이 향긋한흙내음은 어디서 왔을까. 아아, 나는 알 수 있을 것 같아, 내가 이렇게자라고 있음을.[69]

결국 죽을 때까지 곱게 그리고 슬기롭게 늙으려면, 우리는 우선 연령에 따라서 저마다의 생활·역할·즐거움이 다르다는 진리를 잊지 말아야 합니다. 예를 들어서 20세로 대통령이 되려고한다든지, 70세에 올림픽 금메달을 따려고 하는 것은 헛된 꿈일뿐입니다.”[70] 그래서 우리는 이렇게 결론 내릴 수 있습니다.

뭐니 뭐니 해도 최대의 장애는 노인에 대한 편견이나 노인 차별이아니고, 나이가 많아짐에 따라서 자기에 대해서 부정적으로 생각하게 되는 일입이다. 극단적인 경우에는, 노인이 되면 몸이 쇠약해지고, 고독하고 가난하며, 쓸모없는 가엾은 존재가 된다고 불합리하게믿어 버리는 것입니다. 그러나 이 같은 자기 이미지도 생각하기에 따라서는 간단히 자기실현에 결부된 이미지로 바꿀 수 있습니다.

노화를 가져오는 것은 자기의 힘을 모조리 써버렸기 때문이 아니고, 자기 자신 또는 남으로부터 충분한 기대를 받지 못해서인 경우가 많습니다. 필요에 따라 적절한 정도의 도움을 받는 것은 중요하지만, 과잉 원조는 독립심 또는 자기 평가를 끌어내려 버리고 피동적이 되어 남에게 한층 더 의존하는 결과가 되어 버립니다.[71]

그러나 대부분의 사람들은 이 돌파구를 찾지 못하고 방황하게 됩니다. 아직까지 추수할 것을 별로 만들어놓지 못했다고 생각하기 때문일 것입니다. 결국 늙음에 대처하는 방식에는 세 가지가 있습니다.

첫째는 절대로 늙음을 받아들이지 않으려고 발버둥치다가 막판에는 거기에 완전히 패배하는 삶이 있고, 둘째는 오히려 늙음을 영광으로 받아들이는 적극적인 삶이며, 셋째는 그 중간에서 뭣 때문에 사는지도 모르면서 보내는 삶이 있습니다.

그리고 이 세 가지 방식 중에서 우리가 어떤 삶을 선택하느냐는 문제는 전적으로 우리의 몫입니다. 그 선택은 빠를수록 좋을 것입니다.[72]

늙은이는 제2의 어린아이다

늙음에 대하여

우리는 늙어서 몸이 약해지는 현상을 어느 정도 보완할 수는 있으나 완전히 극복할 수는 없습니다. 모든 일에는 때가 있습니다. 늙을 때가 있고 죽을 때가 있습니다. 그러나 공연히 노엽게 느끼는 정신적인 노인 증상은 노력으로 충분히 극복할 수 있습니다. 그리하여 어떤 상황에 닥쳐도 찔끔 눈물을 흘리기보다는 달관의 태도로 임할 수 있습니다.

넷째
마당

늙음에 대하여

나이 들어서의 미덕

       지하철을 타고 다니다 보면 노약자석에 당당히 앉아 있는 젊은이에게 호통을 치는 어른을 자주 만나게 됩니다. "이 놈아, 너의 집안에는 어른도 없냐?"하고 언성을 높여 소리를 빽 지르면 젊은이는 얼른 일어나서 다른 곳으로 갑니다.

       그러나 문제가 이렇게 간단히 끝나지 않는 경우도 있습니다. 분명히 겉으로 보기에는 젊은이지만 실제로는 그가 장애인일 수도 있고, 또한 정상인이지만 몸이 굉장히 아파서 서 있을 수 없는 사람도 있습니다. 이런 경우에는 "저도 노약자석에 앉을 만하기 때문에 앉아 있습니다"라는 퉁명스런 답변이 나올 것이고, 그러면 쌍방의 시비로 번지게 됩니다.

예부터 우리나라는 동방예의지국으로 불려 왔는데, 우리나라
가 그렇게 불려온 이유는 한마디로 이웃에 대한 동정심과 어른에
대한 존경심 때문이었습니다. 이런 뜻에서 버스나 지하철을 이용
하는 모든 젊은이는 당연히 좌석을 어른에게 양보하는 미덕을 가
져야 할 것이며, 이 말을 거꾸로 하면 어른은 마땅히 자리를 양보
받아야 합니다.

그러나 우리 어른은 이제 좀 다르게 생각해 보아야 합니다. 그
런 젊은이에게 호통을 치는 것이 과연 최선의 방법일까? 더구나
모든 사람이 깜짝 놀랄 정도의 큰 목소리로 야단을 치는 것이 과
연 효과가 있을까? 오히려 무거운 가방을 메고 지하철에 탄 학생
에게 먼저 자리를 양보해 보는 것은 어떨까? 아마 그 자리에 덥석
앉는 젊은이는 없을 것입니다. 그러나 이런 양보를 통해서 어른은
오히려 젊은이에게 무언의 교육을 시키는 것이 아니겠습니까?

원래 양보란 내가 받은 다음에 실천하는 것이 아닙니다. 내가
당연히 받아야 할 것을 먼저 남에게 선사하는 것입니다. 그래서
서양에는 "친절과 양보는 전염된다"는 말이 있습니다. 양보를 받
을 자격이 없는 사람이 양보를 받으면 진실로 그에게 감사한 마음
을 갖게 되며, 그래서 그도 자연히 겸손하게 상대방을 대할 것입
니다. 친절과 양보는 언제나 내가 먼저 실천해야 할 덕목입니다.

아테네의 어느 극장에서 국경일을 축하하는 기념행사가 열렸

다고 합니다. 그런데 이 극장에 한 노인이 늦게 들어와서 앉을 자리가 없었습니다. 극장 안에 있던 아테네 사람들은 서로 누군가가 그에게 자리를 양보할 것이라고 생각하여 아무도 일어나지 않았습니다.

그때 한 스파르타 사람이 벌떡 일어나서 자리를 양보했으며, 아테네 사람들은 비록 그가 적군이지만 우렁찬 박수를 보냈습니다. 그러자 그 노인은 이렇게 말했습니다. "아테네 사람들은 선善이 무엇인지를 알고 있습니다. 그러나 스파르타 사람들은 그 선을 실천했습니다. 알고 있는 것과 실천하는 것, 그 중에서 과연 어떤 것이 더 중요합니까?" 전해오는 전설에 따르면, 이렇게 외친 노인이 바로 소크라테스라고 합니다.

우리는 모두 양보의 미덕을 잘 알고 있습니다. 다만 실천하지 못하고 있을 뿐입니다. 그러나 술이 아무리 독해도 마시지 않으면 취하지 않으며, 부뚜막의 소금도 집어넣어야 짜고, 구슬이 서 말이라도 꿰어야 보배가 됩니다. 내가 평소에 "생각하면서 사는 것이 철학이며, 실천하면서 사는 것이 종교"라고 강조해 온 이유도 여기에 있습니다. 진리, 친절, 양보, 지혜 등은 감상의 대상이 아니라 실천의 대상입니다.

요즘 우리 사회에는 이런 말이 있습니다. "학생은 있어도 제자는 없고, 선생은 있어도 스승은 없다." 참으로 슬픈 일입니다. 그런데 이제는 "늙은이는 있어도 어른은 없다"는 말을 듣지 않을까 심히 걱정되는 상황에 처해 있습니다. 젊은이의 존경을 받는 문자 그대로의 원로는 별로 쉽게 찾을 수 없기 때문입니다.

하루의 계획은 아침에 있고, 일 년의 계획은 봄에 있으며, 일생의 계획은 젊을 때 있어야 한다고 합니다. 아침에 일찍 서두르지 않으면 하루가 헛되고, 봄에 씨를 뿌리지 않으면 가을에 거둘 것이 없고, 젊을 때를 허송세월로 보내면 비참한 노후를 맞게 된다는 뜻입니다.

그런데 혹시 우리는 이미 하루의 저녁, 일 년의 가을, 일생의 노년기를 맞이하고 있으면서도 젊은이의 모범이 되려고 적극적으로 노력하지 않는 것은 아닐까요?

생각해 보면, 진리란 단순한 것입니다. 그것은 바로 내가 변해야 남이 변하고, 내가 변해야 사회와 국가도 변한다는 진리입니다. 실로 오늘날 우리는 "네 덕, 내 탓"의 미덕이 참으로 절실한 시기에 살고 있는 것입니다.

만년 청춘으로 사는 비결

"인생은 50부터"라는 말도 있고, "늙어도 마음만은 청춘"이라는 말도 있고, "날마다 새롭게(日新又日新)"라는 말도 있습니다. 아마 사람은 늙으면서도 항상 청춘으로 살 수 있다는 뜻일 것입니다. 그러나 다른 한편으로 "한 번 흘러간 시간은 영원히 되돌아오지 않는다" "마음은 원이로되 육신이 약하다" "죽음은 지치지도 않고 거둬들인다" "인생은 한 바탕 봄꿈(人生一場春夢)"이라는 말도 있습니다.

여기서 우리는 과연 어느 것이 옳으냐는 질문을 던질 수 있습니다. 사람은 진정 만년 청춘으로 살 수 있는가? 그렇지 않으면 만년 청춘으로 살려는 욕망 자체가 우주의 법칙에 어긋나는 인간의 오만일 뿐인가? 그리고 이런 욕망은 마치 50대 남성이 청바지를 입고 젊은이가 된 듯한 착각을 하고, 주름살을 감추기 위해 짙은 화장을 한 여성이 껌을 질겅질겅 씹어서 젊어질 수 있다고 착각하는 꼴불견과 다름이 없는 일인가? 이 질문에 답변하기 이전에 우리는 먼저 청춘, 젊은이, 만년 청춘의 본질적인 속성이 무엇인가를 물어야 할 것입니다.

젊은이의 속성은 자라나는 것입니다. 봄에 새로운 싹이 무럭무럭 자라듯이 육체와 정신이 싱싱하게 자라나는 것입니다. 자라나지 않는 젊은이는 이미 애늙은이에 불과하며, 성장하지 않는 청춘이란 마치 원사각형圓四角形과 같이 모순된 말일 뿐입니다.

나는 언젠가 「10년이 젊어진다면」이라는 제목의 글을 청탁받은 일이 있습니다. 거기서 나는 만약 내가 10년이 아니라 단 5년만 젊어질 수 있다면 현재 내가 가지고 있는 모든 학력·지식·지성·명예를 모두 버릴 용의가 있다고 말했으며, 이런 생각은 지금도 별반 다르지 않습니다.

한창 나이 때는 젊음이 얼마나 소중한지 잘 알지 못합니다. 그러나 나이 들어가면서 몸이 쇠약해지고 마음이 옹졸해지다 보면, 문득 젊은날을 한 없이 그리워하게 됩니다. 특히 젊은날을 허송세월로 보낸 사람일수록 '청춘의 아쉬움'은 더 크게 마련입니다.

그래서 중국 진晉나라 때의 시인 도연명陶淵明(365~427)은 "좋은 날은 다시 오지 않으니 때 맞춰 부지런히 힘쓰라"고 노래합니다.

> 盛年不重來　좋은 날은 다시 오지 않으며
> 一日難再晨　하루에도 새벽은 한 번뿐인걸.
> 及時當勉勵　때맞춰 부지런히 힘쓰시게나
> 歲月不待人　세월은 사람을 기다리지 않는다네.[73]

또한 천하를 제패한 한고조漢高祖 유방劉邦도 젊고 씩씩한 때를 그리워하며 늙음을 한탄하고 있습니다. 그는 "기쁨이 극에 이르면 오히려 마음에 슬픔이 일어난다"고 노래하여, 세상살이 무엇이든 활짝 피어나는 때가 있으면 초라하게 스러지는 때가 있으니, 이를 사람의 힘으로는 어쩔 수 없다는 사실을 넌지시 경계하고 있습니다.

> 歡樂極兮哀情多　기쁨이 지극하면 슬픔이 절로 일어나나니
> 少壯幾時兮奈老何　청춘은 언제던가, 늙음은 어쩔 수 없도다.[74]

그런가 하면 성당盛唐의 시단을 대표하는 시선詩仙 이백李白(701~762)은 "시간이란 백대百代를 오가는 나그네와 같다"고 하여 인생의 무상함을 노래하고 있습니다. 그렇게 보면 청춘도 잠깐 왔다가 홀연히 떠나는 나그네에 다름 아닙니다.

대저 천지란 만물이 머물렀다가 쉬어 가는 여관과 같고, 시간이란 백대를 오가는 나그네와 같다. 이런 가운데 뜬구름 같은 인생이 꿈만 같은데, 그 가운데 즐거운 날은 또 얼마나 되는가? (夫天地者 萬物之 逆旅 光陰者 百代之過客 而浮生若夢 爲歡幾何…)[75]

이처럼 천지 음양의 조화를 관조하는 시인에서부터 권력의 절정을 구가하는 황제에 이르기까지 모두 세월 앞에서 무력한 인간의 한계를 통찰하는 가운데 '영원한 청춘'을 갈망해 마지않습니다.

만년 청춘으로 사는 비결은, 나이 들어서도 빛나는 삶을 살 수 있도록 청춘에 열심히 심신을 닦는 것입니다. 그래서 주희朱熹 (1130~1200)는 "오늘 공부하지 않으면 내일이 있다고 말하지 마라" 고 충고합니다.

오늘 공부하지 않으면 내일이 있다고 말하지 마라. 올해 공부하지 않으면 내년이 있다고 말하지도 마라. 세월은 거침없이 흘러가는 것 이니 나를 위해 기다려 주지 않는 법이다. 아아, 이미 늙었구나. 이 누 구의 허물인가? (勿謂今日不學而有來日 勿謂今年不學而有來年 日月 逝矣歲不我延 嗚呼老矣是誰之愆)[76]

그렇습니다. '만년 청춘'은 거저 주어지는 게 아니라 오늘을 날마다 마지막인 양 최선을 다하는 삶 가운데서 이뤄집니다.

인간은 육체와 정신으로 구성되어 있습니다. 정신이 빠진 육체는 사람이 아니라 돼지에 불과할 것이며, 육체적인 형태를 소유하지 않은 고상한 영혼이란 귀신에 불과할 것입니다. 그러므로 젊음이란 바로 인간의 육체와 정신이 드높은 가을 하늘을 향하여 뻗어가는 높은 나무와 같이 무럭무럭 성장한다는 뜻입니다.

그러나 육체에 관한 한 사람은 절대로 만년 청춘일 수 없습니다. 물론 요즘에는 눈 쌍꺼풀도 만들고 얼굴 주름살을 없애는 성형 수술이 발달되어 있습니다. 그러나 감히 누가 늙어가는 육체의 기능과 조직 자체를 정지시킬 수 있겠습니까. 모든 사람의 육체는 20세를 지나서는 절대로 더 젊어질 수 없습니다. 오직 내리막길이 있을 뿐입니다.

그러나 인간의 정신은 죽을 때까지 성장할 수 있습니다. 이렇게 늙어서도 만년 청춘으로 살았던 사람으로는 피카소를 들 수 있습니다. 그는 만년에 굉장히 젊은 여성과 결혼했습니다. 너무 밤 늦게까지 작업에 몰두하는 피카소를 옆에서 지켜보다가 그의 부인은 자신도 모르게 깜빡 잠이 들곤 했습니다. 그러나 그녀가 깜짝 놀라서 다시 눈을 떴을 때 피카소는 이미 목욕을 마치고 다시 작업에 열중하고 있었다는 것입니다. 그는 늙어서도 젊게 살 정도로 왕성한 정신력을 소유한 화가였습니다.

　그러면 우리는 어떻게 피카소와 같이 만년 청춘으로 살 수 있습니까? 어떻게 몸은 늙어도 마음만은 항상 성장하면서 이 세상을 살 수 있습니까?

　육체가 성장하려면 음식을 먹어서 영양분을 섭취해야 됩니다. 영양분을 섭취하지 않는 육체가 성장하기를 바라는 것은 마치 돼지에게 왈츠를 부탁하는 어리석은 행위와 다름이 없습니다. 입력入力이 있어야 출력出力이 있습니다.

　이와 마찬가지로 정신이 성장하려면 정신적 영양분을 섭취해야 합니다. 영양분을 섭취하지 않는 정신은 물을 주지 않는 화병의 꽃과 같이 조만간 시들고 말 것입니다. 그러면 정신적 영양분이란 무엇입니까? 그것은 바로 책입니다. 책을 읽는 사람의 정신만이 성장할 수 있습니다.

　그저 남의 말을 듣기만 하는 사람, 텔레비전의 연속극을 보고 국사國史를 배울 수 있다고 착각하는 사람, 영화를 보고 그 영화의 원작을 읽었다고 착각하는 사람, 그리하여 어느 경우에는 "나는 로미오는 읽었지만 줄리에트는 아직 읽지 않았다"라는 기상천외한 발언을 할 수 있는 사람, 요약판이나 해설 문고를 읽고 원작을 읽은 체하는 사람, 이런 사람들의 영혼은 절대로 성장할 수 없습니다. 그들의 영혼은 늙어가는 육체보다 더욱 빨리 쇠퇴하고 말 것입니다.

　물론 현대인의 삶이란 절대로 한가롭지 않습니다. 나의 직장 생활만이 아니라 모든 사람의 삶이 피곤합니다. 이것이 바로 번갯불에 콩 볶아 먹듯이 하루하루를 팔딱팔딱 뛰어야 하는 현대인의 특성입니다.

그러나 우리는 육체적인 삶이 아무리 바쁘더라도 마음의 양식인 책을 포기하지 말아야 합니다. 책을 읽는 국민만이 민주주의를 실현시킬 수 있습니다. 그리하여 안중근 의사는 "하루 독서를 하지 않으면 입에 가시가 돋는다(一日不讀書 口中生荊)"고 경고했던 것입니다.

늦깎이 인생의 여유
— 「만년 지각생의 이야기」를 읽고

작가는 자신이 만년 지각생인 늦깎이 인생이라는 사실을 몇 가지 자전적 일화로 설명합니다.

첫째, 작가는 초등학교 시절에도 지각이 세 번이면 결석 한 번으로 치는 바람에 번번이 개근상을 놓치고 말았습니다. 예를 들어, 초등학교 1학년 때는 6학년 오빠를 따라 십 리가 짱짱한 길을 걸어 다녔는데, 이런 추억도 있습니다.

어느 날 학교 가는 도중에 오빠는 볼 일 보고 온다면서 책보를 맡기고 솔숲으로 들어갔다. 꽤 오래 기다렸는데도 오빠가 돌아오지 않았다. 호젓한 산 속에 혼자 있는 게 무섭고 겁이 나서 울며 집으로 달려왔다. 그 날 처음으로 오빠에게 매맞고 가지 않겠다고 떼쓰며 학교에 끌려갔다. 수업은 시작되었고 들어갈 엄두를 못내 울고 있을 때, 기적을 알고 나오신 선생님을 따라 들어갔던 일이 생각난다.[77]

작가의 지각생 인생은 이미 이때부터 시작된 것입니다. 그래서 현재 그는 선생이 된 다음에도 지각 때문에 개근상을 놓치는 게 아까워서 한 시간이 끝난 후에 출석 점호를 합니다.

둘째, 작가의 지각생 인생은 49세에 방송통신대학에 입학하면서 그대로 지속됩니다. 그는 이렇게 말합니다. "살아 온 일을 돌이켜 보아도, 나의 지각은 조금 늦은 정도가 아닙니다. 아주 학교가 파하고 난 뒤에야 등교하는 격입니다."[78]

셋째, 작가는 직장을 물러난 후에도 책상 앞에 앉는 일이 짐스러워 겉돌다가 온통 인터넷 세상이 된 사실을 발견합니다. "자식들이 컴퓨터를 들여놓고 배우라고 야단들이지만, 이 나이에 부끄럽고 자신이 없어 학원에는 못 가겠습니다. 혼자서 끙끙대다가 시도 때도 없이 객지에 나가 사는 아들을 장거리 전화로 불러댑니다. 다급할 땐 직장에까지 전화를 해대니, 나의 컴퓨터 수업은 서울까지 소문난 실력이라 웃기곤 합니다."[79]

넷째, 작가는 늦게 운전면허증도 따게 됩니다. 자식 같은 젊은 이들과 한타령으로 운전학원의 수강생이 되는 과정을 거쳐서. "실기 시험 날, 코스 주행을 통과했을 때 사람들이 복도에서 환호

하며 손뼉을 쳤습니다. 조금 창피했지만 기분이 나쁘지는 않았습니다."[80]

허나 작가는 모든 일을 아주 늦게 시작하면서도 언제나 그 목적지에 도달해 왔습니다. 그래서 그의 남편은 작가가 면허증을 따 가지고 오던 날 이렇게 입을 열었습니다. "당신은 독종이야, 식구 중에 대학 안 나온 사람 하나 없고, 컴퓨터 못하는 사람 하나 없고, 운전 못하는 사람 하나 없는 집 있으면 나와 보라고 해."[81]

분명히 작가는 마치 황소걸음과 같이 걸으면서도 '천천히 그러나 꾸준히!'의 교훈을 그대로 실천한 것입니다.[82] 조금만 늦게 출발해도 절대로 앞에 가는 사람을 따라잡을 수 없는 현실, 그래서 이제는 "시간은 돈"의 경지를 지나 "시간은 생명"이라고 믿는 현실, 시時테크 산업이 판을 치는 현실에서는 참으로 희한한 일이 아닐 수 없습니다. 이것은 거의 기적에 가까운 일입니다. 그 비결은 어디에 있습니까.

우리는 그 비결의 실마리를 작가가 운전 학원에 다니면서 자신을 공부에 뒤처진 '특수아'로 비유한 장면에서 찾을 수 있습니다. 똑똑하지 못해 여러 면에서 다른 사람들보다 뒤처진 특수아는 어떻게 가르쳐야 합니까.

내가 아는 만큼 가르치려 하지 말고 아이가 배울 수 있을 만큼 가르친다. 처음 교단에 섰을 때 밤늦게까지 교재 연구를 하여 목이 쉬도록 가르쳤는데 시험의 학급 석차는 꼴찌였다. 부끄럽기도 하고, 쏟은 노력이 억울하고, 아이들이 야속하여, 교단에 주저앉아 엉파듯이 울었다. 문제는 나의 서툰 지도력에 있다는 것을 많은 시행착오를 거듭하면서 (나중에야) 알게 되었다.

아이와 같은 눈높이로 몸을 낮추고, 작은 변화에 크게 기뻐해 주며, 칭찬으로 보상한다. 셈 공부를 하면서 열 손가락을 펴고 입술로 꼭꼭 짚어가며 답을 찾을 때 나쁜 버릇이라고 나무라지 않는다. 그러다가 손가락이 모자라면 양말을 벗는다. 유치한 것 같지만 아이로서는 사고思考의 폭을 넓혀 가는 기막힌 발상이다. 그러고도 모자라면 다른 사람들의 손발까지 머리 속에 입력시켜 십진법의 원리를 터득시킨다.[83]

물론 눈높이 교육을 받은 모든 특수아가 십진법의 원리를 터득하게 되는 것은 아닙니다. 모든 특수아가 언젠가는 정상아가 되는 것도 아닙니다. 늦깎이로 시작한 사람은 평생 늦깎이로 살다가 죽을 수도 있습니다.

그러면 늦깎이로 시작해서 끝까지 늦깎이로 남는 사람과 늦깎이로 시작해서 올깎이가 되는 사람의 차이점은 무엇입니까? 작가는 자신을 "뒤늦게 떠밀어야 시작하고, 한 번 빠지면 그 일 말고는 아무것도 생각할 줄 모르는 내 주변머리"라고 표현합니다. 분명히 뒤늦게 떠밀어야 시작하는 사람은 모두 지각생입니다. 그러나 만약 그가 한 번 빠지면 그 일 말고는 아무것도 생각하지 않을 정도로 꾸준히 노력한다면, 일단 목표가 결정되면 그 길만 바라보고 전진한다면, 그는 지각생에서 개근생으로 재탄생할 수 있습니다.

나를 잘 모르는 사람들은 나의 방송인으로서의 활동과 학자로서의 활동만 보면서 내가 아주 평탄한 길을 걸어 온 것으로 생각합니다. 마치 부잣집 막내와 같다고도 합니다. 그러나 실제로 나는 늦깎이 인생을 살아 왔으며, 그래서 다른 사람들을 따라잡으려고 무척 고심해 왔습니다.

나는 집안이 가난하여 대학을 졸업하고 무려 11년 동안 사회생활을 하다가 늦게 다시 공부를 시작했으며, 그래서 다른 동료보다 늦게 학위를 받고 늦게 교수가 되었습니다. 결혼도 늦게 했고, 아이도 늦게 가졌습니다.

그래서 나는 "인생이 늦어서 고민하는 사람은 나를 보고 위로를 받으십시오"라고 말하면서도 앞서 가는 무리의 뒤끝을 잡으려고 무던히도 애를 썼습니다. 이렇게 조바심해 온 나에게 작가는 다음과 같이 충고합니다.

생각 없이 나이를 먹고 나서야 늦철이 들어 지각생으로 사는 것도 나쁘지는 않다. 앞서 가는 무리의 뒤끝이 보이지 않으니 마음이 편하다. 추월당할 걱정이 없어서 여유롭고, 누구를 따라 잡아야 할 이유가 없으니 느긋해서 좋다. 이제 무슨 일을 한들 지각은 면할 수 없을 터. 그렇다고 시작도 않고 주저앉을 수는 없지 않는가. 앞으로는 누가 거들지 않아도 기꺼이 지각생이 되어 즐기며 그 길을 갈 것이다.[84]

나는 이제부터라도 "추월당할 걱정이 없어서 여유롭고, 누구를 따라 잡아야 할 이유가 없으니 느긋해서 좋다"고 생각해야 되겠습니다. 늦게 시작한 사람도 먼저 끝낼 수 있다는 성서의 진리를 믿으면서.

나이 들어서의 관능
— 「탱고, 그 관능의 쓸쓸함에 대하여」를 읽고

관능에 대한 사람들의 태도는 백인백색입니다. 그러나 대부분의 사람들은 "팔뚝에 붙은 거미를 떼어내듯 말은 모질게 하면서도 속으로는 내심 그 진한 유혹의 잔에 취하게 되기를 원하며," 그래서 그 중에는 궤도 이탈을 꿈꾸기도 하고, 심지어는 파괴적 본능까지 일으키는 이들도 있습니다. 그럼에도 한 가지 분명한 사실은, 관능의 극치인 "성性은 목숨이 있는 한, 우리를 자유롭게 하지 않는다"는 것입니다.[85]

동일한 관능이라도 젊은이와 늙은이에 따라서 다르게 마련입니다. 우선 젊은 시절의 관능은 시도 때도 없이 일어납니다. 꼭 담장 밑에 피어난 장미 꽃송이를 보지 않아도, 동성애를 그린 영화 「해피 투게더」를 보지 않아도, 아니 아무런 생각을 하지 않고 있어도 관능의 물결은 여전히 출렁입니다. 관능을 느끼지 않는 순간은 잠자는 시간뿐이라고 해야 옳을 것입니다. 하긴 몽정夢精을 생각하면 이 말도 정확하지는 않겠습니다.

또한 젊은 시절의 관능에는 아무런 목표가 없습니다. 관능 자체가 목적이며 수단입니다. 거기에는 허무虛無가 끼어들 수 없으며, 관능에 대한 어떤 평가도 설 자리가 없습니다. 젊은이들에게 관능은 토론의 대상, 상념의 대상, 관조의 대상이 아니라 직접 참여하는 게임입니다. 이런 젊은이의 관능을 편의상 '뜨거운 탱고'라고 부릅시다.

그러나 늙은이의 관능은 평소에는 멀리 떨어져 있다가 어떤 충격적인 장면을 경험하면서 가끔, 아주 가끔 일어납니다. 그리고 그냥 그곳으로 뛰어들지도 못하면서 관능의 관념화觀念化에 시간을 보냅니다. 이런 늙은이의 관능을 '부드러운 탱고'라고 부릅시다.

부드러운 탱고보다는 뜨거운 탱고가 좋습니다. 이것은 분명한 사실입니다. 사탕이 달다는 것을 알 수 있는 가장 확실한 방법은 (마르크스의 말을 원용하면) 그 달콤함에 대하여 이러쿵저러쿵 지껄이는 것이 아니라 그것을 직접 맛보는 것입니다. 도대체 누가 이 진리를 부정하겠습니까.

작가는 이 글에서 노년의 관능을 탱고를 통해 묘사합니다. 우선 작가는 '만진다'는 뜻의 라틴어 '탕게레'에서 비롯된 탱고로 표현된 관능의 풋풋함을 잘 알고 있습니다.

"빠르고 경쾌한 탱고 리듬의 스텝이 몇 번 어우러지더니 급한 회전을 이루며 이내 타오르는 장작불처럼 격렬함에 이르고 만다. 여성 댄서의 손이 남성 댄서의 목을 부드럽게 감싸 안는다. 입술이 닿을 듯 밀착된 가슴, 상대방을 갈구하는 듯한 눈빛, 마침내 남자의 손이 여자의 몸을 훑어 내리기 시작한다. 정교하면서도 감성적인 터치, 허벅지까지 깊게 터진 스커트 속으로 공격적인 다리의 움직임이 자유롭다."[86]

분명히 작가는 관능을 '몸으로 풀어내는 언어'라고 말하며, 급기야는 "몸만큼 정직한 것이 있을까?"라고 반문합니다. 그러면서도 작가는 관능의 바다로 훌쩍 뛰어들지 못하고 한 걸음 뒤로 물러나 있습니다.

그리하여 그는 "성, 나는 그 자체보다 성에 대한 심리적 반응에 더 관심이 모아진다"고 고백합니다.[87] 격렬한 성을 직접 즐기지 않고 포르노만 보고 있다고나 할까요.

그래서 김종완은 이렇게 말합니다. "그녀는 움츠리고 있다. 관능이란 폐경기 무렵의 여성들에게 다가오는 한 순간의 위기일 따름일까. 아니면 유교적 윤리관에 세뇌된 한국 여인의 정숙함 때문일까."[88] 이런 작가에게 우리는 어떤 충고를 할 수 있겠습니까.

김종완은 '이 지랄 같은 쓸쓸함'에서 벗어나서 관능의 바다로 몸을 직접 던지라고 충고합니다.

관능 속에 숨어 있는 외로움을 보고 마는 작가의 시선. 관능의 끝이 결국 허무이고 죽음의 계곡이란 것을 알아버린 이 슬픈 시선. 그렇다고 정답만을 되뇌며, 관능이란 그냥 억제되어져야만 하는 것일까.

죽음이라 할지라도 한 번이라도 관능의 끝에 이르러 보고 직접 허무와 죽음을 대면해야 되지 않을까. 늙어지면 다시 일으켜 세우려고 해도 세워지지 않는 관능이라면…. 작가는 오늘 밤 웬만한 일에는 고양되지 않는 스스로를 일으켜 세워 부부가 함께 탱고 리듬에 맞춰 춤을 춰야 하지 않을까.

작가여, 이제는 숨지 말고 당당히 그대 모습을 드러내어라. 그대는 손만 뻗치면 허공에서 장미를 피어내는 마술의 힘을 가졌으니, 세상을 그대가 만든 장미 숲으로 만들어 보시기를.[89]

물론 우리는 작가가 '다시 일으켜 세우려고 해도 세워지지 않는' 폐경기의 비참함을 그냥 앉아서 슬퍼만 한다고 해석할 수 있습니다. 실제로 그는 "욕망과 외로움을 달래기 위한 발열發熱, 고양된 감정에 도달하려고 애쓰는, 그럼으로 해서 더욱 외로워지고 마는 탱고는 결국 외로운 몸짓의 형상화라는 생각조차 들었다"고 말하기 때문입니다.[90] 또한 우리는 작가가 관능을 무조건 억제되어야 하는 것으로 본다고 해석할 수도 있습니다.

그렇다고 해서, 우리가 작가에게 "이제는 숨지 말고 당당히 그대 모습을 드러내라"고 충고하는 것은 (있을 수는 있으나) 가장 바람직하지는 않은 듯합니다. 작가는 이미 관능 자체가 가지고 있는 이중성을 꿰뚫어 본 것입니다. 관능이 가지고 있는 썰물과 밀물, 끌어당김과 떨어짐, 긴장과 이완, 쾌락과 회한의 이중성을. 그리고 이런 이중성이 관능의 본원적本源的 참모습이라는 것을.

열광과 갈채, 그것이 사라진 텅빈 객석이거나 아니면 소모해 버린 뒤의 육체적 욕망의 쓸쓸함 같은 것, 이렇게 서로 다른 두 개의 얼굴을 탱고에서 보게 되는 것이다. 관능과 열락悅樂과 축제 속에서 다른 한편으로 울고 있는 자신을. 그래서 탱고는 둘이 추면서 혼자인 춤. 무표정한 얼굴의 속마음, 그 더듬이가 촉수觸手로 짚어 내려가는 내성적內省的인 요소가 탱고의 본령이 아닐까 싶기도 하다.

그리고 그믐달보다도 더 매운 계집의 눈썹 같은 스타카토, 그 스타카토의 분명한 선線을 기점으로 하여 안으로 파고드는 수렴收斂의 감정, 보다 철저하게 혼자가 되는 내성적內省的인 춤으로서의 탱고를 나는 좋아하게 되는 것이다.

지금 무대에서는 성장盛裝한 노년의 커플 댄서가 탱고를 보여 주고 있다. 경륜만큼이나 원숙하고 호흡이 잘 맞는 춤이다. 맞잡은 손을 풀어놓고 잠시 멀어지는가 했더니 다시 공격적으로 다가와서는 폭력적인 정사情事라도 벌이는 것만 같다. 그러나 마음을 주지 않고 돌아서는 여성 댄서는 곧 분리된다. 오케스트라의 리듬에 맞춰 그들은 썰물과 밀물처럼 끌어당김과 떨어짐의 동작을 되풀이하고 있다.

끝없이 이어지는 긴장과 이완, 철썩거리며 해안가의 밀물처럼 굽이쳐 들어왔다가는 휘몰아 나가고, 나가고 나면 다시 그 자리. 어찌할 수 없는 본원적 자리일 터이다.[91]

뜨거운 탱고는 이런 경지를 절대로 알 수 없으며, 뜨거운 탱고를 부러워하는 모든 부드러운 탱고가 모두 이 경지에 도달하는 것은 아닙니다. 그것은 양자의 변증법적 조화에서만 성취될 수 있습니다. 작가는 이 새로운 경지를 보여 준 것입니다.

작가의 글에도 흠이 없지는 않습니다. 우선 '탱고' '프리즘' '스타카토'는 그대로 외국어를 쓸 수밖에 없다고 해도 '실루엣' '스텝' '터치' '스커트' '커플' '댄서' 등의 너무 많은 외국어가 그대로 튀어나옵니다. 미문美文을 쓰려는 인위적인 흔적도 쉽게 발견할 수 있습니다. 또한 '보게 되는 것이다' '좋아하게 되는 것이다' '듣게 하는 것이다' 등의 '것이다'가 너무 많습니다. 그러다 보니 "우리는 열정적 충돌과 결코 무관할 수 없는 존재, 사실 그것으로 해서 우리의 성이 동물적 성행위와 구별되는 것이 아닐까"와 같은 잘못된 문장도 있습니다.[92] 만약 인간이 결코 열정적 충돌과 떨어질 수 없다면, 인간은 그만치 다른 동물과 비슷하다는 주장이 되기 때문입니다.

그러나 작가가 뜨거운 탱고는 부드러운 탱고의 뜻을 되새기고, 후자는 다시 전자의 불타오름을 망각하지 않는 새로운 경지의 관능, 즉 제3의 관능을 선보이고 있다는 사실에는 의심의 여지가 없습니다.

서양에는 "탱고를 추려면 두 사람이 있어야 한다"는 말이 있습니다. 아마도 늙은이의 탱고는 '둘이 추면서 혼자인 춤'이 아닐까요.[93]

죽음도 삶의 한 페이지다

다섯째 마당

삶과 죽음에 대하여

우리는 흔히 나이듦과 늙음을 동일한 개념으로 생각합니다. 나이 든다는 것은 곧 늙는다는 뜻이며, '늙음이 바로 나이듦이라고 생각합니다. 그러나 나이듦과 늙음은 절대로 동일한 개념이 아닙니다. 물론 대부분의 경우에 늙음은 나이듦을 전제로 하지만, 우리는 나이를 먹으면서도 새파란 청춘으로 산 사람들을 쉽게 만날 수 있기 때문입니다.

다섯
째
마당

삶과 죽음에 대하여

나이듦과 늙음 그리고 삶과 죽음

우리는 흔히 나이듦과 늙음을 동일한 개념으로 생각합니다. 나이 든다는 것은 곧 늙는다는 뜻이며, 늙음이 바로 나이듦이라고 생각합니다. 그러나 나이듦과 늙음은 절대로 동일한 개념이 아닙니다. 물론 대부분의 경우에 늙음은 나이듦을 전제로 하지만, 우리는 나이를 먹으면서도 새파란 청춘으로 산 사람들을 쉽게 만날 수 있기 때문입니다.

그러면 누가 진정 젊은 사람입니까? 도대체 젊음의 속성이란 무엇입니까?

첫째, 젊음의 속성은 싱싱하고 산뜻하고 삐딱함에 있습니다. 세익스피어가 젊은이를 '샐러드 시절'이라고 비유한 이유도 여기에 있습니다. 젊은이는 감정, 지성, 사상에 있어서 신선한 채소와 같은 활력을 갖고 있다는 뜻입니다. 양주동이 젊은이를 선행사先行詞에 비유한 이유도 여기에 있습니다.

젊은이는 소금에 절인 배추마냥 후적지근하거나 무력하거나 진부해서는 못쓴다. 그는 어느 시대나—특히 이렇게 저미·혼미한 환경에서는—발군拔群의 창의자요, 선도적인 기수요, 건설적인 개척자요, 민중 계몽의 선행사라야 한다. 그런 그에게 외래 풍조의 무분별한 모방은 난센스요, 기성세대의 타성적인 추종은 굴욕이다.[94]

둘째, 젊음의 또 다른 속성은 실수할 수 있다는 것입니다. 이것저것을 모두 재고 뛰어들지 않고, 단지 정열 한 가지만 가지고 천하를 평정할 수 있다는 듯이 모든 일에 성급하게 뛰어듭니다. 젊은이는 이런 시행착오의 과정을 거쳐서 성장하는 것입니다. 요즘 어른들은 젊은이에게 전혀 실수할 기회를 주지 않습니다. 조금만 선을 지나쳐도 중벌로 다스립니다. 결국 젊은이는 시행착오의 과정을 갖지 못하게 되고, 그 결과 어른이 되어도 어린애의 기질을 버리지 못하게 됩니다.

"가장 이상적인 대우는, 어른의 실수는 중벌로 다스리고 젊은이의 실수는 후하게 다스리는 것입니다. 그럼에도 요즘 우리 사회에서 어른들의 작태는 눈감아 주고 젊은이들의 조그만 실수는 백

주에 폭로시키는 잔인성이 판치고 있습니다. 시위에 한 번 참여했다고 며칠씩 구류를 살게 하는 경우가 바로 여기에 속합니다. 어른들의 공공연한 부정, 비리, 부패는 그대로 놓아두면서.”[95]

청년은 어디까지나 젊고 발랄하고 뛰놀고 능률적이어야 한다. 물론 그렇다고 그들에게 방종과 조로粗老와 까불음을 권장하는 것은 아니다. 그러나 새 시대의 주인공들에게 충분한 활동의 그라운드와 도약의 대를 쾌히 마련·허용하여 줌이 연장자들의 당연한 의무가 아닐까. 그러기에 나는 청년 학도들에게 너무 얌전과 복종만을 강요하여 그들의 기백과 용기를 무지르는 종류의 교육에 회의를 가진다.

'이유 없는 반항'은 성가신 일이다. 그러나 '반항 없는 자녀'를 가진 부모는 쓸쓸한 존재다.[96]

대부분의 요즘 젊은이들은 너무나 타산적입니다. 자신에게 이익이 되지 않는 일에는 절대로 참여하지 않고, 자신의 이익에 관한 일에는 만사 제치고 덤벼드는 실정입니다. 나는 이런 젊은이들에게 좀 어리석기를 권장합니다. 도대체 벌써부터 수지타산에 이렇게 밝아서 언제 큰 일을 할 수 있겠습니까.

우리는 여기서 일찍이 공자가 그의 수제자인 안회顔回의 어리석음을 칭찬한 일(回也如愚)을 상기할 필요가 있습니다. 다시 양주동의 말을 들어봅시다.

남산의 소나무는 쭉쭉 뻗어 올라가지만, 화분에 심은 나무는 꼬부랑꼬부랑 제아무리 묘하게 보이고, 가장 약한 것 같고 현명한 체하지만, 결국 큰 재목은 못 된다.

더구나 지금은 사회적 언짢은 풍조와 경제적 어수선에 휩쓸려서 청년 학도들 일부조차 혹 정직과 노력과 소질을 어리석은 일로 생각하고, 수단과 불로 소득을 현책賢策으로, 내지는 사치·퇴폐 등을 심상히 여기는 경향이 있는 듯하다. 그러나 그런 생각은 결국 약빠른 고양이가 밤눈을 못 보는 격이요, 스스로를 열등 국민·패망 민족으로 이끄는 가장 위태로운, 슬퍼할 만한 현상이다.

콩 심어 팥 나는 경향을 본 일이 있는가. 태양은 역시 아무런 때에도 동에서 솟고, 강물은 굽이쳐도 바다로 드는 것, 거죽보다 알맹이가 결국 실체實體다.

청년들이여, 부디 잔꾀를 무시하라. 실력만을 기르라. 고개를 쳐들고 어깨를 젖히고, 이 비상한 시대, 비록 저미·혼돈한 환경에서라도 항상 정정당당한 걸음으로 겨레에 앞장서 세계와 역사의 크나큰 공로功勞를 걸으라.[97]

늙은이가 싱싱하고 산뜻하고 삐딱하기란 그리 쉬운 일이 아닙니다. 새로운 계획을 세우고 추진하면서 실수할 수도 있다고 생각하기는 더욱 어려운 일입니다. 그럼에도 우리 주위에는 늙어서도 만년 청춘으로 사는 사람들이 굉장히 많습니다. 나이듦과 늙음의 차이가 여기에 있습니다.

이렇게 보면, 나이듦과 늙음의 문제는 결국 우리가 삶을 어떻게 보느냐에 달려 있습니다. 긍정적인 삶을 사는 사람은 늙어도 청춘일 수 있지만, 부정적인 삶을 사는 사람은 젊어도 늙은이일 수밖에 없는 것입니다. 다시 말해서, 나이듦과 늙음의 문제는 결국 삶에서 해결책을 찾아야 합니다. 그런데 (이것이 또한 골치 아픈 일이지만) 삶이란 바로 죽음을 정확히 이해할 때만 정확히 해석될 수 있습니다. 죽음을 아는 자만이 삶을 알 수 있으며, 삶의 의미를 천착하는 사람만이 죽음의 비밀을 알 수 있습니다.

삶이 무엇이냐고 묻는다면

　　　　　　삶이 무엇이냐고 묻는다면 나는 '사랑'
이라고 말하겠습니다. 나의 몸과 마음과 영혼을 전부 바쳐서 사랑
할 수 있는 사람, 사회, 국가, 세계를 만드는 것이라고 말하겠습니
다. 그럼에도 우리들은 아직도 남을 사랑하기 보다는 남에게 사랑
받는 상태에 만족하고 있는 실정이며, 남을 사랑하지 않으면서 남
에게 사랑을 받으려고 발버둥치고 있는 실정입니다.

　　삶이 무엇이냐고 묻는다면 나는 '느낌'이라고 말하겠습니다.
그저 물결 흐르는 대로 아무런 감각도 없이 다람쥐 쳇바퀴 도는
듯한 시간을 보내지 않고, 하찮은 일에도 울고 웃고 욕하고 흥분

하는 촉각을 곤두세우고 사는 것이라고 말하겠습니다. 그럼에도 우리는 지루한 일상성을 벗어나지 못하고 있으며, 비상하게 항상 느끼면서 사는 사람들을 오히려 현대판 공룡으로 간주하고 있는 실정입니다.

삶이 무엇이냐고 묻는다면 나는 '생각'이라고 말하겠습니다. 나는 누구인가? 나는 왜 이 세상에 태어났는가? 내가 죽은 다음에는 무엇이 남는가? 신은 과연 존재하는가? 깨달음이란 도대체 무엇인가? 이렇게 수없이 많은 문제들에 대하여 골똘히 생각하면서 사는 것이 삶이라고 말하겠습니다. 그럼에도 우리는 오늘을 식물인간으로 살고 있으며, 생각을 미처 정리하지 못하면 정신병자가 된다는 미명 아래 되는 대로 적당히 사는 것이 가장 훌륭한 삶이라고 착각하고 있는 실정입니다.

삶이 무엇이냐고 묻는다면 나는 '믿음'이라고 말하겠습니다. 유한한 인간의 무한함을 믿고, 연약한 인간의 경건함을 믿는 것이라고 말하겠습니다. 물론 여기서 말하는 믿음은 어떤 대상에 대한 것일 수도 있고 믿는 행위 자체일 수도 있습니다. 그러나 모든 사람은 그의 믿음의 정도에 의하여 그의 위대함이 결정됩니다. 겨자씨만한 믿음만 있어도 큰 산을 옮길 수 있습니다. 그럼에도 우리는 아무 것도 믿지 않고 나 자신의 능력에 의하여 살고 있다고 큰

소리치고 있으며, 경건한 신앙인을 오히려 비겁한 사람이라고 욕하고 있는 실정입니다.

삶이란 무엇입니까? 그것은 준비하는 사람에게 추수의 기쁨을 줍니다. 일하는 사람에게 보람을 줍니다. 시험을 이긴 사람에게 행복을 줍니다. 그리고 우리가 항상 빚을 갚으려는 마음으로 산다면, 이 세상 모든 곳이 바로 우리의 고향이 될 것입니다.

추수의 기쁨을 위하여

농부는 봄에 씨를 뿌려 여름 내내 땀 흘려 가꾸고 가을이면 수확합니다. 겨울에서 이듬해 가을까지의 양식을 준비하는 것이지요. 마찬가지로 사람들은 저마다 원하는 바를 얻기 위해 해마다 계획을 세우고 '추수의 즐거움'을 맛보기 위해 노력합니다. 과연 어떤 사람이 추수의 즐거움을 맛볼 수 있을까요? 그리고 추수하려는 사람은 어떤 마음을 가져야 할까요?

첫째, 노력한 사람만이 추수의 기쁨을 누릴 수 있습니다. 콩 심은 데 콩 나고, 팥 심은 데 팥이 나게 마련입니다. 다른 사람이 땀을 흘릴 때 편안히 놀았던 사람은 결코 추수의 기쁨을 누릴 수 없습니다. 그리하여 성서는 "게으른 자여, 개미에게 가서 그가 하는 것을 보고 지혜를 얻으라. 개미는 왕의 명령이 없어도 열심히 일하여 여름에 먹을 것을 예비하고 양식을 모으나니라"(잠언 6:6~8)라고 충고합니다.

둘째, 노력한 사람이 모두 추수의 환희를 맛보는 것은 아닙니다. 오직 제때 씨를 뿌려 올바른 방법으로 가꾼 사람만이 풍성한 추수의 기쁨을 누릴 수 있습니다. 너무 빠르거나 늦게 씨를 뿌려서도 안 되고, 거름을 주는 시기나 병충해를 방지하는 시기를 놓쳐서도 안 됩니다.

모든 일에는 때가 있게 마련입니다. 공부할 때가 있고, 사랑할 때가 있고, 죽을 때가 있습니다. 그러므로 성실한 농부는 마치 밤중에 도둑처럼 나타날 신랑을 맞을 준비를 하고 있는 신부와 같이 때를 놓치지 않습니다.

항상 준비하고 있는 농부의 마음을 시인 돈(John Donne, 1573~1631)은 이렇게 표현합니다. "하느님은 해가 뜨는 새벽이나 봄이 시작될 때 그대에게 오지 않는다. 그는 그림자가 들기 시작하는 정오나 추수의 계절에 그대에게 온다." 준비하고 있는 사람만이 시작의 때를 놓치지 않습니다. 그리고 때를 놓친 농부는 "여름이 다 가고 추수할 때가 지났으나, 우리는 아직도 구원받지 못했다"(에레미아 8:20)고 탄식하게 될 것입니다.

셋째, 추수에 참여하는 농부는 피나는 노력과 때를 놓치지 않는 지혜뿐 아니라 시작을 멋있게 장식해야 합니다. 충분한 비료,

아름다운 음악, 멋있는 공동체의 협동 정신을 모두 갖춘 훌륭한 시작을 가져야 합니다.

시작은 매우 중요합니다. 그리하여 플라톤은 "일의 가장 중요한 부분은 시작"이라고 말하며, 희랍의 비극 시인인 유리피데스(485~406 B. C)는 "나쁜 시작은 나쁜 결과를 만든다"고 말하며, 엘리어트(T. S. Eliot)는 더욱 정확히 "끝은 시작 속에 있다"라고 말하며, 우리나라의 속담에도 "시작이 반"이라는 말이 있습니다. 좋은 시작만이 풍요로운 끝을 만듭니다.

넷째, 그러나 진실로 추수하는 마음은 감사의 마음입니다. 여름 내내 곡식을 길러 준 태양, 비, 달, 별, 천지신령에게 감사를 드리는 마음입니다. 건방지고 오만한 마음은 추수의 마음이 아닙니다. 마치 선물을 얻은 것처럼 감사하는 시간을—추수감사절을—가져야 합니다.

그러나 뭐니뭐니해도 가장 중요한 일은 먼저 밭으로, 논으로, 시골로 가야 합니다. 밭이 없는 서울의 광장, 논이 없는 도시의 행길, 시골이 아닌 인파의 매연 속에서는 아무것도 추수할 수 없습니다. 도시의 직장인은 물리적으로는 서울을 떠날 수 없어도 정신적으로는 메뚜기가 뛰놀고, 개구리가 울고, 밝은 태양이 있는 시골을 언제나 방문할 수 있습니다.

어느 시인은 "그대가 마지막으로 별을 쳐다 본 때가 언제인가를 스스로 질문하라"고 말합니다. 그렇습니다. 우리는 별을 본 적이 너무나 오래되었습니다. 별을 보고 추수할 곳을 찾아 오늘 당장 여행을 떠납시다. 이 지적이며 정서적인 여행은 기차표가 필요 없는 여행이 될 수 있습니다.

왜 사는가

영원한 질문

철학을 전공한다고 해서 인생에 대하여 더욱 잘 아는 것은 아닙니다. 그럼에도 철학을 업으로 삼고 있는 대학교수이므로 뭔가 특별히 더 알고 있겠거니 믿는 탓인지 사람들은 종종 내게 "왜 사느냐?" "산다는 것은 뭐냐?"고 묻습니다. 그럴 때마다 나는 그저 "철학자라고 해서 인생에 대하여 더 잘 알고 있는 것은 아닌데요, 그래서 어떤 사람은 철학자哲學者와 철인哲人을 구별하기도 했으니까요…"라고 얼버무리게 됩니다.

대부분의 사람들은 내가 이렇게 속 시원한 답변을 하지 못하고 어정쩡한 상태가 되면 포기를 합니다. 그러나 일부의 용기 있는 사람들은 "그래도 철학을 전공하시니까 우리가 모르는 것을 알고 있을 것 같은데요"라고 다그쳐 묻습니다. 하긴 그들이 이렇게 다그쳐 묻는 데는 그만한 이유가 있습니다. 영문학을 전공하면 셰익스피어를 공부하고 있다고 답변할 수 있을 것이며, 사회학을 전공하면 계층간의 갈등 문제를 공부하고 있다고 답변할 수 있을 것이며, 생물을 전공하면 세포를 관찰하는 현미경과 같이 살고 있다고 답변할 수도 있을 것입니다.

그러나 아무리 생각해 보아도 철학의 대상은 인생이나 삶이라는 답변 이상을 제공할 수 없습니다. 그러므로 철학을 전공하는 사람은 인생이나 삶에 대한 독특한―보통사람들은 알지 못하는―지혜를 가지고 있다고 쉽게 상상할 수 있습니다. 도대체 철학자가 인생에 대하여 명확한 답변을 할 수 없다면 감히 누가 인생을 논하겠습니까. 더구나 철학이란 전통적으로 '지혜를 사랑하는 학문'이라고 자처해 오지 않았습니까.

그렇다고 해서 나는 "사는 것이 바로 철학"이라든지 또는 "철학이 무엇이냐는 질문 자체가 철학의 중요한 질문 가운데 하나"라는 동어반복을 외칠 수도 없는 입장입니다. 건방지게 수염까지 달고 다니는 주제에 "A는 A이다"라는 식으로 답변하면 나의 무지가 곧 폭로될 것입니다.

물론 나의 무지가 그대로 세상에 폭로된다는 것은 굉장히 좋은 일입니다. 무지無知가 바로 애지愛知로 통하는 길이기 때문입니다. 그러나 여기서 얻는 소득은 어디까지나 나의 것이지, 내게 인생을 묻는 사람의 것은 아닙니다. 하여간 나는 사석이나 TV에서 너무나 자주 이런 질문을 받아왔습니다. 그것은 사람이 사람답게 살려면 묻지 않을 수 없으며, 그렇다고 쉽게 답변을 찾을 수 없으며, 그렇다고 해서 묻지 않을 수도 없는 '영원한 질문'(enduring questions)이기 때문입니다.[98] 결국 나는 미흡하나마 우리가 왜 사느냐는 질문에 대한 답변을 강구하기로 결심했습니다. 한 열흘 동안 절간으로 들어가서 명상을 하면서. 그 결과로 나는 다음의 답변을 얻게 되었습니다.

첫째 답변

왜 사느냐는 질문에 대한 첫째 답변은 '태어났기 때문에 산다'는 것입니다. 우리는 우리의 의지에 의하여 이 세상에 태어난 것이 아닙니다. 그야말로 우리는 우리가 전혀 알지 못하는 어느 분의 의지로 이 세상에 태어났습니다. 실존주의 철학자인 하이데거가 인간을 '던져진 존재'(Geworfenheit)라는 수동형 어휘로 표현한 이유도 여기에 있습니다. 여기서 인간은 아무런 이유도 없이 이 세상에 태어나서 하찮은 일 때문에 아옹다옹하면서 티격태격하다가 이 세상을 떠나게 마련입니다. 영웅호걸도 죽고, 미인도 죽습니다. 그저 삶이 있고 죽음이 있을 뿐입니다.

인간은 역사의 지배를 받으며 사회의 지배를 받습니다. 그러나 동시에 인간은 역사와 사회를 개조해 나갈 수 있는 창조성을 가지고 있습니다. 그래서 우리는 우리의 탄생이 타의적他意的이기 때문에 적어도 태어난 다음의 삶만은 자의적自意的인 결단으로 살아야 한다는 결론을 내릴 수도 있습니다. 다시 말해서, 타의적인 탄생에도 불구하고—또는 바로 타의적인 탄생이기 때문에—삶은 우리 스스로가 선택해야 되겠다는 결심입니다.

그것은 "결혼해도 후회할 것이며, 결혼하지 않아도 후회할 것"이라는 동일한 전제로부터, 한 사람은 "그렇다면 결혼할 필요가 없다"고 결정하고, 다른 사람은 "그렇다면 일단 결혼하고 볼 일이다"라고 정반대의 결론을 주장하는 경우와 다름이 없습니다.

한마디로 '태어났기 때문에 산다'는 입장이 언제나 '나'의 의지로는 어쩔 수 없는 피조물의 순응으로 끝나야 되는 것은 아닙니다. 그러나 전체적으로 볼 때, 태어났기 때문에 어쩔 수 없이 산다는 답변은 아무래도 삶을 부정적으로 보고, 어떻게 보면 이미 삶을 포기한 산송장으로 사는 태도가 되기 쉽습니다. 성서는 이런 삶을 "헛되고 헛되니 모든 것이 헛되도다"라고 표현합니다.

전도자, 다윗 왕의 아들, 예루살렘의 왕인 솔로몬이 말하노라.
헛되고 헛되니 모든 것이 헛되도다. 나의 견해에 의하면, 가치 있는 것은 하나도 없으며 모든 것은 헛된 일이로다. 사람은 열심히 일해서 무엇을 얻는가? 세대는 오고 가지만 아무런 영향도 주지 못하노

라. 해는 뜨고 지며, 다시 뜨려고 서두른다. 바람은 남쪽으로 불다가 북쪽으로 가고, 여기저기로 왔다가 갔다가 하지만 아무 곳에도 도달하지 못한다. 강은 바다로 흐르지만 바다는 영원히 차지 않고, 물은 다시 강으로 흘렀다가 또 다시 바다로 흐른다. 모든 것은 말할 수 없을 정도로 피곤하고 귀찮을 뿐이로다. 우리는 아무리 많이 보아도 만족하지 못하며, 아무리 많이 들어도 만족하지 못한다.[99)]

어쨌든 태어났기 때문에 산다는 주장은 분명히 옳은 말입니다. 누가 이 주장을 감히 반박할 수 있겠습니까. 그래서 나는 이 구호를 약 3, 4년 지껄이고 다녔습니다. 그러면서도 나는 점점 이 답변에 만족할 수 없게 되었습니다. 정확히 그 이유는 모르면서도. 결국 나는 다시 절을 찾았으며, 그 결과로 나는 다음의 답변을 얻게 되었습니다.

둘째 답변

왜 사느냐는 질문에 대한 둘째 답변은 '일하기 위해 산다'는 것입니다. 여기서 인간은 단지 주어진 철길을 달리는 기차가 아니라 자신의 일을 하면서 살게 되고, 그 일이 어느 정도 성취감을 주면 나름대로의 보람을 갖게 됩니다. 그러므로 일하기 위해 살며 또한 일의 보람을 갖기 위해 산다는 답변은 첫째 답변보다 훨씬 적극적인 태도입니다.

사람은 살아야 합니다. 살려면 먹어야 합니다. 그리고 먹으려면 일해야 합니다. 여기서 우리는 두 가지 진리를 발견할 수 있습니다.

첫째, 일하지 않고 사는 사람은 진정한 삶을 영위하는 것이 아닙니다. 그것은 도둑질이며 강도질이며, 약탈의 삶입니다. 그것을 종교적으로 표현하면 무위도식이나 독식獨食이 될 것입니다. 그리하여 기독교는 "일하기 싫으면 먹지도 말라"고 말하고, 불교는 "하루 일하지 않으면 하루 먹지 말라"(一日不作 一日不食)고 경고합니다.

우리가 어떤 사람에게 왜 일하느냐고 물었다고 합시다. 그러면 그는 자신이 굶어 죽지 않기 위해, 처자식을 먹여 살리기 위해, 자동차나 집을 장만하기 위해, 즉 생존을 위해 일한다고 답변할 것입니다. 옳은 말입니다. 그러나 여기에 한 가지 문제가 있습니다. 가난해서 일하지 않고 살 수 없는 사람은 당연히 싫어도 일해야 할 것입니다. 그러나 재벌의 자녀로 태어나서 일하지 않고도 몇 세대를 그냥 살 수 있는 사람은 이렇게 외칠 것입니다. "너희들은 재수가 없어서 일해야 먹고 살도록 태어났다. 그러나 어떤 이유인지는 몰라도, 나는 운 좋게 부잣집에 태어났다. 나는 생존을 위해 일할 필요가 없다. 그런데 왜 내게 일하라고 하는가?"

그러나 우리는 그런 사람도 일해야 한다고 말합니다. 돈이 없는 사람도 일하고, 돈이 많은 사람도 일하고, 모든 사람은 일해야 한다고 말합니다. 그렇다면 일하는 목적은 단순한 생존 이상의 어떤 의미를 가지고 있다는 뜻입니다. 생존이 일하는 이유의 전부라면, 재벌의 자녀는 절대로 일할 필요가 없을 테니까요. 여기서 우리는 일의 목적이 생존 이상의 어떤 것, 즉 일하는 사람을 바로 사람답게 만드는 어떤 것이라는 사실을 깨닫게 됩니다. 예를 들어서 이 글을 쓰는 황필호를 먼 훗날 사람들은 무엇으로 평가할 것입니까. 결국 내가 살아 있을 때 어떤 일을 어떻게 했느냐에 따라서 평가할 것입니다. 이런 뜻에서 일은 생존의 수단이면서 그 이상입니다. 일은 인격이며 생명이며 생활입니다.[100]

여기서 우리는 한 가지 현실적 교훈을 얻을 수 있습니다. 같은 일을 하면서도, 한 사람은 굶지 않기 위해, 처자식 먹여 살리기 위해, 죽지 못해 일한다고 생각합니다. 그러나 다른 사람은 일을 통해 자신의 흔적을 이 세상에 남기려고 노력합니다. 그들은 모두 일합니다. 그러나 그들이 일에 대하여 느끼는 보람은 천지의 차이가 있을 것입니다. 전자는 일을 하면 할수록 지긋지긋할 것이며, 후자는 일을 하면 할수록 자신의 삶에 대한 더욱 큰 보람을 갖게 될 것입니다. 우리가 언제나 일을 생존 이상으로 간주해야 되는 이유가 여기에 있습니다.

둘째, 삶이 노동에 의해 지속된다는 말을 거꾸로 하면 노동이 삶을 지탱할 수 있어야 한다는 뜻입니다. 죽도록 일해도 입에 풀

칠도 할 수 없는 노동은 '헛일'에 불과한 것입니다. 마르크스는 자본주의의 본질을 가진 사람과 가지지 못한 사람의 대결로 표현하면서, 자본주의 체제 아래서는 헛일을 하는 노동자 계급을 만들 수밖에 없다고 주장했습니다. 물론 그의 이러한 주장은 오늘날 경제적으로 부적당한 예언으로 판명되었습니다.

그러나 우리는 여기서 한 가지 교훈을 얻을 수 있습니다. 육체가 부서지도록 일하면서도 최소한의 생존 조건을 충족시킬 수 없는 사람이 많은 사회에서는 그의 예언이 그대로 적중될 것이라는 교훈입니다. 살려면 일해야 하고, 일하면 살 수 있어야 합니다. 일하지 않고 살려는 사람, 그리고 일하고도 살 수 없는 사람은 모두 비참한 사람들입니다.

그래서 우리는 열심히 일합니다. 오직 바쁜 벌은 근심할 틈이 없다고 믿으면서. 특히 한국인만치 일중독에 걸릴 정도로 열심히 일하는 국민이 있습니까. 오죽하면 한국인 40대 남성의 사망률이 세계 최고가 되겠습니까. 한국인에게 일은 천명이며 운명입니다. 그러나 이렇게 열심히 일에 파묻히다 보니, 우리는 도대체 무엇을 위해 일하는지조차 모르게 됩니다. 말로는 급할수록 돌아가라고 말하면서도, 너무 바쁜 벌은 배가 터져 죽는다는 사실을 까맣게 잊고 살아온 것입니다.

이제 우리는 좀 숨을 깊게 쉬면서 다시 다람쥐 쳇바퀴 도는 듯한 삶을 되돌아보아야 합니다. 진실로 일은 삶의 전부인가? 우리는 잘 살기 위해 일하는 것이지, 잘 일하기 위해 사는 것은 아니지 않은가? 우리가 열심히 일해서—어느 경우에는 자신의 생명까지 단축시키면서—얻은 것은 무엇인가? 결국 그 대가는 생존 이상의 아무것도 아닙니다. 성서가 지식과 지혜를 추구하는 일까지 바람을 쫓는 것과 같이 어리석을 뿐이라고 선언하는 이유도 여기에 있습니다.

역사는 단지 되풀이될 뿐이로다. 새로운 것은 이 세상에 하나도 없느니라. 모든 것은 이미 이전에 되었던 일이거나 말해졌던 것이니라. 너희들은 무엇을 새로운 것이라고 가리킬 수 있겠는가? 그것이 먼 옛날 존재하지 않았다는 것을 너희들이 어떻게 알 수 있는가? 우리는 옛날에 일어난 일을 기억하지 못하며, 미래 세대는 아무도 우리가 여기서 한 일을 기억하지 못할 것이로다.

전도자인 나는 예루살렘에 사는 이스라엘의 왕이었다. 나는 우주의 모든 것을 이해하려고 전념했다. 나는 결국 하느님이 지금까지 취급해 온 인간의 운명은 행복한 것이 아님을 발견했노라. 모든 것은 바람을 쫓는 것과 같이 어리석을 뿐이로다. 한 번 잘못한 것은 다시 고칠 수 없으며, 그것은 둑을 넘어서 흘러가는 물과 같다. 그리고 달리 될 수도 있었을 텐데 라고 생각해도 아무런 소용이 없노라.

나는 스스로 이렇게 말했다. "보아라, 나는 예루살렘의 어떤 이전의 왕보다 더욱 좋은 교육을 받았다. 나는 누구보다 더욱 많은 지혜와 지식을 가졌다." 그래서 나는 어리석지 않고 지혜롭게 되려고 열심히 노력했다. 그러나 나는 이제 이런 노력조차 바람을 쫓는 것과 같다는 것을 깨달았다. 지혜가 증가할수록 슬픔이 더욱 증가하고, 지식이 증가할수록 괴로움이 더욱 증가한다.[101]

왜 일은 삶 자체를 설명할 수 없습니까? 이 질문에 대한 답변은, 우리가 살기 위하여 일하는 것이며 일하기 위하여 살지 않는다는 상식적인—너무나 상식적인—진리에서 찾을 수 있습니다. 일 때문에 삶을 경시하거나 포기하는 사람은 주객전도의 삶을 사는 것입니다.

일하기 위하여 개인의 성장을 중단하고, 일하기 위하여 가정을 소홀히 여기고, 일하기 위하여 반사회적인 행동을 서슴없이 하고, 일을 핑계로 국가적인 사업에 참여하지 않고, 일을 핑계로 세계에 관심을 돌리지 않는 사람들이 우리 주위에 너무나 많다는 것은 슬픈 사실입니다. 물론 우리는 잠시 동안 어떤 일에 몰두하느라고 개인이나 가정을 조금 소홀히 대할 수는 있습니다. 그러나 개인보다 일이 중요하다고 생각하거나 일을 위하여 가정을 완전히 팽개치는 사람은 엘리트 사원이 아니라 인생을 거꾸로 사는 사람입니다.

어쨌든 나는 일하기 위해 산다는 구호를 약 5, 6년 떠들고 다녔습니다. 그 이상의 훌륭한 답변을 발견할 수 없었기 때문이겠지요. 그런데 내가 이 답변을 팽개칠 수밖에 없는 결정적인 계기를 맞이했습니다. 어느 해가 저물어가던 날, 나는 나의 가장 가까운 대학교수 친구에게 전화를 걸었습니다. 서로 바빠서 거의 6개월 이상 얼굴도 보지 못한 처지였습니다. 나는 단도직입적으로 물었습니다.

"자네, 정말 오랜만이구만. 우린 언제나 일을 가지고야 만났는데, 이제 이 해가 가기 전에 아무런 이유도 없이 부부 동반으로 저녁이나 먹고 노닥거리다가 헤어지는 것이 어떻겠나?" 그의 답변은 즉각적이었습니다. "야, 정말 천재적인 발상이다. 이젠 늙어가면서 그냥 아무 일도 없이 만나야지. 좋다 좋아."

우리는 양쪽 내외가 만날 수 있는 저녁 시간을 정하기로 했습니다. 그런데 이게 웬 일입니까. 내가 시간이 나는 날은 그 친구가 바쁘고, 우리 둘의 시간이 나는 날은 역시 대학교수인 그의 부인이 바쁘답니다. 결국 우리는 앞으로 두 달 이내에는 네 사람이 다 같이 만날 수 있는 날이 하루도 없다는 사실을 발견했습니다. 나는 수화기를 내려놓으면서 이렇게 발악을 했습니다. "나도 한심하게 살지만, 자네도 한심하기는 마찬가지로군. 우리 정말 참회를 해야겠다."

모든 한국인들과 마찬가지로 그동안 나도 열심히 바쁘게 살아왔습니다. 눈코 뜰 새 없이. 그러다 보니 도대체 내가 왜 바쁜지를 모르게 되고, 그저 일에서 일로 옮겨가는 삶이 계속된 것입니다.

결국 나는 다시 절을 찾았으며, 그 결과로 나는 다음의 답변을 얻게 되었습니다.

셋째 답변

왜 사느냐는 질문에 대한 셋째 답변은 '빚 갚기 위해 산다'는 것입니다. 여기서 모든 인간은 빚진 사람이 됩니다. 부모, 형제, 사회, 국가, 세계에 빚을 지고 사는 존재가 됩니다.

우리 주위에는 부모로부터 한 푼의 유산도 받지 않고, 사회로부터 아무런 혜택을 받지 않고, 국가의 도움 없이, 스스로 자신의 노력에 의하여 성공했다고 큰소리치는 사람이 없지 않습니다. 그러나 그들은 삶 자체가 수많은 인연의 결과며 수많은 보이지 않는 손들의 도움으로 성립된다는 사실을 망각한 사람들입니다. 우리는 빚을 지고 살고 있다는 겸손한 마음을 가져야 합니다.

진실로 빚을 지고 있다고 생각하는 사람은 가능한 한 그 빚을 조금이라도 갚으려고 노력할 것입니다. 그리하여 부모로부터 받은 은혜는 다시 자신의 자식에게 전달하고, 학교로부터 얻은 지식으로 학생을 가르치고, 사회로부터 받은 혜택의 결과로 얻은 재물을 다시 사회에 환원하려는 마음을 가져야 합니다. 예를 듭시다. 가을은 추수의 계절입니다. 그러나 진실로 순박한 농부는 "이 모든 것이 나의 노력일 뿐"이라고 말하지 않습니다. 여름 내내 곡식을 길러준 태양, 비, 달, 천지신령에게 감사를 드립니다. 마치 공짜 선물을 얻은 것처럼 감사하는 시간을 갖습니다.

우리 주위에는 자신의 성공을 자신의 노력일 뿐이라고 믿는 사람들이 없지 않습니다. 그들은 "억울하면 출세하라"고 핏대를 올리기도 하고, "내 맘대로 쓰는데 무슨 상관이냐"고 대들기도 합니다. 그러나 이 세상에 태어난 모든 사람은 빚진 사람이며 특히 기업으로 성공한 사람은 그를 음으로 양으로 도와준 많은 사람들과 이 사회에 큰 빚을 진 사람입니다. 여기서 우리는 사도 바울의 발언을 조용히 사색할 필요가 있습니다.

나는 여러분과 모든 사람에게 큰 빚을 진 사람이라. 헬라인이나 이방인이나, 지혜로운 자들이나 어리석은 자들에게 큰 빚을 진 사람이라.[102)

사도 바울이 실제로 어떤 사람에게 돈을 빌리지는 않았을 것입니다. 그러나 그는 그의 삶 자체를 여러 사람들의 보살핌으로 지금까지 영위해 왔다고 믿으며, 그래서 그는 자신을 '빚진 사람'이라고 말한 것입니다. 물론 우리가 우리의 삶의 마지막 단계에서 지나간 우리의 삶을 회고하면서 자신이 진 빚을 전부 갚았다고 생각하는 사람은 하나도 없을 것입니다. 그러나 천만 원 빚을 진 사람은 단돈 천 원이라도 갚으려고 노력하는 데 삶의 보람이 있을 것입니다.

빚을 지고 산다고 생각하는 사람의 삶은 어떨까? 우선 그는 언제나 겸손할 것입니다. 하느님의 은혜와 부처님의 공덕을 찬양하고, 자신의 오만함을 거부할 것입니다. 성 아우구스티누스가 "기독교인이 될 수 있는 세 가지 조건은, 첫째도 겸손이며 둘째도 겸손이며 셋째도 겸손이다"라고 말한 이유도 여기에 있습니다.

또한 빚을 지고 산다고 생각하는 사람은 언제나 감사하는 마음을 가질 것입니다. 고난과 역경을 당해도 "항상 기뻐하라!"는 성서의 명령을 따를 수 있을 정도로 감사의 마음을 가질 것입니다. 만해 한용운韓龍雲(1879~1944)은 「감사를 느끼는 마음」(1938)에서 이렇게 말합니다.

감사를 느끼는 마음은 성자聖者에 가까운 마음이다. 무상보리에 회향廻向하는 선근善根을 심는 까닭이다. 가족에 대해서, 인인隣人에 대해서, 사회 국가에 대해서, 내지 유정무정有情無情에 대해서.

감사를 느끼는 이만이 유연한 마음을 가진 이다. 유연한 마음을 가진 뒤라야 삼독三毒을 여윌 수 있는 것이다. 그래서 탐적貪的 생활을 버리고, 귀적鬼的 생활을 버리고, 축적畜的 생활을 버릴 수 있는 것이다.

아빈我貧을 버리지 않고 상쟁相爭은 없어지지 않는다. 진애瞋恚를 버리지 않고 평화는 오지 않는다. 우치愚癡를 떠나지 않고 시기猜忌

가 사라지지 않는다.

고맙게 생각하는 마음—거기에 이해도 있고, 존경도 있고, 만족도 있고, 평화도 있는 것이다.[103]

일에는 귀천이 없습니다. 모든 일은 신성합니다. 열심히 일하는 사람만치 아름다운 모습이 어디 있겠습니까. 또한 일은 개인, 가정, 국가, 세계를 지탱하는 힘이 됩니다. 그러나 우리는 일하기 위해 산다는 인생관으로부터 한 걸음 더 전진해야 합니다. 일하는 목적이 현재의 내가 존재하도록 만들어 준 모든 사람을 사랑하려는 데 있다는 경지로 승화되어야 합니다.

사람은 빚을 갚기 위하여 삽니다. 이것이 바로 모든 사람의 진정한 존재 이유가 되어야 할 것입니다.

무엇부터 생각해야 하는가

연약한 갈대

우리는 일상적으로 인간을 만물의 영장靈長이라고 부르는데, 이런 호칭은 모든 인간이 하느님의 형상을 가지고 태어났다는 기독교 사상과 일치합니다. 특히 구약성서에 따르면, 천지를 없음으로부터 창조(creation out of nothing)한 하느님은 인간에게 다음과 같은 축복을 내립니다. "번식하여 땅에 충만하고, 땅을 정복하라. 너희들은 바다의 고기와 공중의 새와 모든 동물의 주인이니라. 보라! 내가 땅에서 씨를 맺는 모든 식물과 모든 과일나무를 너희들의 음식으로 주었노라."[104]

이렇게 보면, 분명히 인간은 이 세상에 존재하는 가장 고귀한 생명체가 아닐 수 없습니다. 그러나 프랑스의 위대한 과학자며 문학가며 종교가인 파스칼은 인간을 자연 중에서 가장 연약한 갈대라고 말합니다.

인간이 만물의 영장이라는 주장과 연약한 갈대에 불과하다는 주장, 이 두 주장 중에서 어떤 것이 옳습니까? 우수憂愁의 철학자 쇼펜하우어는 단연 후자를 선택합니다. 예를 들어서, 우리는 일상적으로 인간은 어떤 생명체도 가지고 있지 않은 영혼을 가지고 있다고 생각합니다. 그러나 쇼펜하우어는 이런 영혼 불멸설은 인간의 교만심이 만들어낸 허구일 뿐이라고 선언합니다.

모든 것은 잠시 동안 머물다가 죽음으로 줄달음질친다. 식물과 곤충은 여름이 지나면 죽고, 인간을 포함한 동물은 몇 년이 지나면 죽는다. 죽음은 지치지도 않고 거두어들인다.

우리가 인간의 마음을 우선 다른 동물에서 연구하려고 결심하지 않으면서 인간만이 불멸한다는 자랑스러운 이름 아래 다른 동물과 전혀 다른 부류라고 주장하는 한, 우리는 우리의 본성이 죽음을 통과하면서도 파괴되지 않는다는 잘못된 생각을 갖게 될 것이다.

그러나 바로 이런 뻔뻔스러움과 소견 좁은 견해로부터, 본질적으로 그리고 주로 우리는 다른 동물과 동일하다는 자명한 진리를 인정하지 않으려고 대부분의 사람들이 그렇게도 완강히 노력하는 이유가 나온다. 결국 이런 사람이야말로 인간과 다른 동물의 관계에 관한 모든 암시로부터 후퇴하는 것이다. 그러나 우리는 무엇보다도 이 진리를 부정함으로써 인간 본성의 (또 다른 의미의) 불멸성에 대한 진정한 지식을 갖지 못하게 된다.[105]

이 글에서 쇼펜하우어는 생성 변화하는 자연을 관찰하면서 인간이 본질적으로 다른 동물과 다름이 없는 자연의 일부임을 '자명한 진리'(obvious truth)라고 표현하고, 이 자명한 진리를 인정하지 않는 인간은 쓸데없는 자아의 영원성을 주장한다고 말합니다. 이런 주장은 "헛되고 헛되어 모든 것이 헛되도다"라는 성서의 일절을 연상시킵니다.[106]

인간에게 있어서 모든 일은 헛되고 헛된 일입니다. 돈을 버는 일, 명예와 권력을 추구하는 일 뿐 아니라 지식과 지혜를 추구하는 일까지 먼눈으로 보면 '새 발의 피'에 불과합니다. 그래서 성서는 이 세상의 지식과 지혜까지도 슬픔과 괴로움을 줄 뿐이라고 말합니다. 이런 뜻에서 인간은 문자 그대로 '자연 중에서 가장 연약한 갈대'가 아닐 수 없습니다.

생각하는 갈대

그러면 인간에게는 아무런 가치도 없습니까? 파스칼은 절대로 그렇지 않다고 말합니다. 인간은 연약한 갈대지만 그는 '생각하는 갈대'이기 때문입니다. 데카르트가 "나는 생각한다. 그러므로 존재한다"(I think, therefore I am)고 주장하고, 성 아우구스티누스가 "나는 의심한다. 그러므로 존재한다"(I doubt, therefore I am)고 주장한 이유도 여기에 있습니다. 파스칼은 『팡세』에서 이렇게 말합니다.

인간은 자연 중에서 가장 연약한 갈대에 불과하다. 그러나 그는 생각하는 갈대다. 인간을 박멸시키기 위하여 전 우주가 무장할 필요는 없다. 조그만 수증기나 한 방울의 물도 그를 충분히 죽일 수 있다. 그러나 우주가 인간을 박멸시킨다고 해도, 인간은 그를 죽이는 우주보다 더욱 고귀하다. 인간은 그가 죽는다는 것을 알고 있으며, 우주가 그보다 더욱 유리한 점을 가지고 있다는 것을 알고 있기 때문이다. 우주는 이것을 모른다.

인간의 모든 위엄은 생각에 있다. 그러므로 우리는 우리가 채울 수 없는 공간이나 시간에 의해서가 아니라 생각으로 우리 자신을 승화시켜야 한다. 잘 생각하도록 노력하자. 이것이 도덕의 원칙이다.

생각하는 갈대―나는 나의 위엄을 공간으로부터 찾지 말고 나의 생각의 관리로부터 찾아야 한다. 몇 개의 세계를 가졌다고 해도, 생각이 없으면 더 이상 아무것도 가진 것이 없을 것이다. 우주는 공간으로 나를 둘러싸고, 나를 작은 원자처럼 삼켜버린다. 그러나 나는 생각으로 세계를 파악한다.[107]

사람은 호랑이만치 힘이 세지도 않고, 여우만치 꾀가 많지도 않으며, 공중의 새와 같이 하늘을 훨훨 날아다닐 수도 없습니다. 이런 뜻에서 인간은 연약한 갈대입니다. 또한 인간은 어느 동물보다 늦게 성장합니다. 말은 태어나자마자 껑충껑충 뛰어 다닙니다. 그러나 인간은 1년이 되어야 겨우 걸음마를 배웁니다. 참으로 인간은 연약할 뿐 아니라 아주 늦게 되는 존재입니다. 그럼에도 현재 인간은 만물을 지배하고 있습니다. 왜? 인간은 생각할 수 있는 능력을 가지고 있기 때문입니다.

물론 개나 돼지도 어느 경우에는 생각하는 듯한 표정을 지으며, 도살장으로 끌려가는 소는 자신의 죽음을 생각하고 눈물을 흘린다고 합니다. 그러나 그것은 어디까지나 생각하는 듯한 표정일 뿐입니다. 또 백 보를 양보해서 동물이 생각한다고 해도, 그들의 생각은 어디까지나 배고픔과 욕망을 해결하기 위한 일차원적이고 본능적인 생각일 뿐입니다. 오직 인간만이 철학을 생각하고 종교를 생각합니다. 인간의 위대함은 바로 생각에 있습니다.

그래서 파스칼은 이렇게 말합니다. "확실히 인간은 생각하도록 창조되었다. 생각이야말로 인간의 모든 위엄이며 모든 가치다. 그러므로 인간의 유일한 의무는 생각해야 할 방향으로 생각하는 것이다." [108]

특히 인간은 앞으로 닥칠 자신의 죽음에 대하여 미리 생각할 수 있는 능력을 가지고 있습니다. 그래서 파스칼은 인간을 자신의 죽음을 알고 있는 유일한 존재라고 말합니다. "노병은 죽지 않고 다만 사라질 뿐"이라는 말이 있지만, 다른 동물은 그저 죽으면서 사라지고 사라지면서 죽습니다. 그 이상도 그 이하도 아닙니다. 오직 인간만이 자신의 죽음을 탈생물화脫生物化시키고 탈자연화脫自然化시킵니다. 김열규는 이렇게 말합니다.

인간은 자신의 종말인 죽음을 지레 넘겨다본다. 종말에 서 있는 자신을 미리 넘겨다본다. 죽음이 내게 주어져 있는 것은 틀림없는 사실이다. 그러기에 죽음은 내게 내던져져 있다. 그러나 우리들 인간은 그것을 내던져진 상태, 주어진 상태대로 내버려두지는 않는다. 그것이 내게 오기 전에 미리 내다본다. 나는 그것을 앞지른다. 삶은 죽음을 앞질러서 비로소 삶이다.

미래를 꿈꾼다는 것은 장차 어느 순간에 나를 미리 세워놓고 본다는 뜻이다. 미래의 나를 앞질러 본다는 뜻이다. 이래서 인간은 늘 앞지르는 존재다. 추월하는 존재가 다름 아닌 인간 존재다. 앞지르는 것은 내가 나를 미래에 미리 내던지는 것을 의미한다. 이 세상에 주어져 있는 존재, 내던져져 있는 존재인 나는 그러면서도 나를 끊임없이 내던지며 살고 있다. 꿈꾼다는 것은 나를 미래를 향해 내던짐이다. 이 내던짐으로 인간은 자신을 계획하고 자신을 경영하는 주체성 있는 존재로 화하게 된다. 이래서 인간은 어느 때고 오직 미래다.

누군가에 의해 내던져진 주사위 때문에만 내가 존재하는 것이 아니다. 내가 내던지는 주사위 때문에도 나는 존재하는 것이다. 그는 비록 아무리 잘 짜여진 것이라 해도 미리 엮어놓은 드라마의 주인공으로 그칠 수는 없다. 그는 이제부터 그의 드라마를 연출하기도 한다. 그는 배우이기만 한 게 아니다. 그는 스스로 연출하는 창조가다.[109]

실로 인간은 생각에 의해 비로소 인간이 되는 것입니다. 우주가 쉽게 인간을 죽일 수 있어도, 인간은 그 우주보다 더욱 고귀한 존재입니다. 인간은 자신의 죽음을 명상할 수 있기 때문입니다.

더 나아가서 생각은 우리들의 모든 일상 생활을 지배합니다. 사람은 생각하는 대로 됩니다. 알렌은 이렇게 말합니다.

씨앗에서 나무가 싹터 나오듯, 인간의 모든 행동은 생각이라는 숨겨진 씨앗에서 생겨난다. 씨앗이 없다면 나무가 생겨날 수 없는 것처럼, 생각이 없다면 행동 또한 나타나지 않을 것이다. 이 말은 계획적인 행동뿐 아니라 무의식적이고 우연한 행동에도 똑같이 적용된다. 행동은 생각에 의해 꽃피워지며, 기쁨과 고통은 그 열매다. 따라서 달콤한 열매를 거두느냐 쓴 열매를 수확하느냐는 것은 스스로의 경작법에 달려 있다. (중략)

자신을 창조하거나 파괴하는 것은 다름 아닌 자기 자신이다. 생각이라는 대장간에서 자신을 파멸시킬 무기를 만들기도 하고, 스스로 기쁨과 용기와 평화의 천국을 건설할 수 있는 도구를 제작하기도 한다. 바른 생각과 진실한 행동은 인간을 궁극적으로 완벽한 경지로 끌어올린다. 반면 거칠고 악한 생각과 그릇된 행동은 인간을 짐승 이하의 나락으로 빠지게 한다. 이 양극단 사이에 갖가지 등급의 모든 인격들이 자리잡고 있다. 인간은 그런 갖가지 성격들의 창조자며 주인이다.[110)

생각의 중요성

왜 생각이 그렇게 중요합니까? 왜 우리는 생각이 바로 사람을 만든다고 말할 수 있습니까? 왜 우리는 어떤 사람의 사람됨은 바로 그 사람이 어떤 생각을, 어느 정도 진지하게 하고 있느냐에 달려 있다고 말할 수 있습니까?

첫째, 사람은 환경과 상황의 지배를 받습니다. 환경의 지배를 조금도 받지 않는 사람은 (그런 사람이 존재한다면) 사람이 아니라 신일 것입니다. 그러나 대부분의 경우에 상황이나 환경이라는 외부 세계는 생각이라는 내부 세계에 의해 만들어집니다. 즉 정신적 변화와 환경적 변화는 언제나 정비례하게 마련입니다.[111) 알렌은 이렇게 말합니다.

마음에 뿌려져 뿌리를 내린 모든 생각의 씨앗은 당초 생각했던 그대로를 고스란히 잉태하여 얼마 있지 않아 행동으로 꽃피워지며, 씨앗 자체에 담겨진 속성과 똑같은 기회와 상황이라는 열매를 맺는다. 선한 생각은 선한 열매를 맺고, 악한 생각은 악한 열매를 맺는다.[112]

물론 어느 경우에는 우리의 모든 삶이 전적으로 환경에 의해 지배되고, 그런 경우에는 '환경에 맞서 싸운다'고 표현하기도 합니다. 쉽게 말해서, 정직하게 살려고 끊임없이 노력하는 사람도 고통을 당할 수 있고, 악한 사람도 어느 정도 출세할 수 있습니다. 그러나 이런 사실로부터 그가 정직하기 때문에 실패했고 악하기 때문에 출세했다는 결론을 끄집어낼 수는 없는 것입니다.

이런 점에서, 우리는 역시 "콩 심은 데 콩 나고 팥 심은 데 팥 난다"는 대원칙을 받아들여야 할 것이며, 여기서 콩을 심은 주체는 역시 생각일 수밖에 없는 것입니다. 선불교에서 "저 남산에 있는 소나무는 어디에 있느냐?"는 물음에 대하여 "그것은 내 마음 속에 있습니다"라고 답변하는 이유도 여기에 있습니다. 생각이 환경을 결정합니다.

어떤 점에서 고통을 받고 있다면 그 어떤 점에 대해 부정한 생각을 품었다는 방증이다. 고통을 받는다는 것은 자신의 생각과 행위가 자신의 진정한 자아와 자신의 존재를 영위하게 하는 위대한 법칙과 일치하지 않고 있음을 나타내는 것이다. 고통을 당할 때 그 고통을 가장 현명하게 활용하는 방법은 자신의 내면에 널려 있는 쓸모없고 불순한 모든 것을 소각하고, 정화하는 것이다. 마음이 순결한 사람에게는 고통이 없다. 모든 불순물이 다 제거된 황금에는 더 이상 제련할 만한 대상이 없듯이, 한점 티끌 없이 순수하고 완전한 깨달음을 이룬 존재는 고통을 당하지 않는다.[113]

둘째, 생각은 건강에 결정적인 영향을 줍니다. 육체는 마음의 하인입니다. "환경과 마찬가지로 질병과 건강은 생각에 그 뿌리를 두고 있습니다. 병든 생각은 허약한 육체로 그 결과가 나타납니다. 근심은 아주 빠른 속도로 사람을 죽음으로 몰고 갑니다. 질병의 공포 속에 사는 사람은 질병에 걸리게 마련입니다. 근심은 빠르게 온 몸의 기氣를 저하시켜 질병을 유발합니다. 불순한 생각은 육체에는 별 영향을 주지 않는다고 하더라도 빨리 신경계를 손상시킵니다. 순결하고 행복한 생각은 육체를 활력에 차고 매력 있게 만들어 줍니다. 신체는 섬세하고 유연한 기관이어서 깊이 낙인된 생각에 쉽게 감응합니다. 그래서 좋든 나쁘든 늘상 어떤 생각을 하느냐에 따라 육체는 그에 대한 영향을 받게 됩니다."

예를 들어서, 요즘 다이어트나 채식이 유행하고 있습니다. 건강에 좋기 때문입니다. 그러나 자신의 인생관을 바꾸려 하지 않는 사람은 절대로 다이어트나 채식에 성공할 수 없습니다. 자신의 육체적 관습을 버리려면 먼저 그런 관습을 만들어낸 정신을 바꿔야 합니다. 생각을 맑게 해야, 음식에 대한 집착을 버릴 수 있습니다.

육체와 정신의 관계는 일방통행이 아닙니다. 건전한 육체가 건전한 정신을 만들고, 건강한 정신이 건강한 육체를 만듭니다. 우리는 이 엄연한 상식을 잊지 말아야 합니다.

특히 나이가 들수록 생각과 건강의 관계는 더욱 밀접하게 됩니다. 가령 친구를 죽이고 싶을 정도로 미워하는 사람이 있다고 합시다. 젊을 때 그는 그런 생각을 하다가도 곧 다른 일에 쉽게 몰두할 수 있습니다. 그러나 나이가 들면 들수록 그의 증오심은 그의 건강을 적극적으로 해치게 마련입니다. 정말 미워하는 친구를 가진 늙은이는 절대로 건강할 수 없습니다.

완벽한 몸매를 갖기 원한다면 생각을 잘 간직해야 한다. 몸을 새롭게 하고자 한다면 생각을 아름답게 해야 한다. 악의, 질투, 실망, 낙담 같은 생각은 건강과 매력을 빼앗아 간다. 나쁜 인상은 어쩌다 그렇게 된 것이 아니라 나쁜 생각을 늘 해 온 결과 때문이다. 보기 싫은 주름도 어리석음과 나쁜 생각 때문에 생긴다.[114]

셋째, 생각이 성공과 실패를 결정합니다. 어떻게 생각하느냐에 따라서 사람은 성공할 수도 있고 실패할 수도 있습니다. 예를 들어서, 우리는 흔히 "한 사람의 독재자 때문에 많은 사람이 노예가 된다. 그러므로 그 독재자를 증오하자"고 말합니다. 그러나 우리는 이와 반대로 "많은 노예들 때문에 한 사람의 독재자가 나온다. 그러므로 그 노예들을 증오하자"라고도 생각해야 합니다. "사실 독재자와 노예는 모르는 사이에 협력자들이며, 서로를 괴롭히는 것처럼 보이지만 실제로는 자기 스스로를 괴롭히는 것입니다."[115]

자신의 생각을 끌어올려야 도약하고, 정복하고, 성취할 수 있다. 자신의 생각을 끌어올리기를 거부하는 한 나약하고, 천박하고, 비참한 굴레를 벗어나지 못한다.

본능적인 쾌락을 포기하지 않는 한 발전도 성취도 있을 수 없다. 어떤 사람이 성공했다는 것은 마음을 산란하게 하는 본능적인 쾌락에 대한 생각을 지워버리고 자신이 구상했던 계획의 진행과 당초 품었던 결심과 자신감이 흐트러지지 않도록 마음을 다지는 데 온 신경을 쏟았다는 것을 의미한다. 따라서 생각을 보다 높이 끌어올리면 올릴수록 더욱 용감해지고, 고결해지며, 정의로워지며, 성공의 정도 또한 더욱 커진다. 또한 그 성공에 대해 보다 큰 축복이 보다 오래 지속될 것이다.

사업의 성취든 지적이나 정신적 세계에서의 성취든 간에, 단지 그 대상만 다를 뿐 모든 성취는 명확하게 설정된 생각의 산물이며, 성취를 이루기까지 적용되는 법칙과 방법은 모두 같다. 조금만 성취하려거든 조금만 포기하라. 많이 성취하려거든 많이 포기해야 한다. 커다란 성취를 하려면 커다란 포기를 각오하라.[116]

넷째, 우리 마음의 평화도 생각에 의해 결정됩니다. 아무리 돈이 많고 명예가 있어도 자신이 자신을 불행하다고 생각하면 그는 분명히 불행할 수밖에 없습니다. 한때 미국 텔레비전 광고에 "그대가 아름답다고 느끼면, 그대는 진정 아름답습니다"(If you feel beautiful, you are beautiful)라는 문구가 유행한 이유도 여기에 있습니다.

"고요한 마음은 지혜만큼 가치있고, 황금보다 귀중하다. 파도가 일지 않는 심연, 폭풍우가 미칠 수 없는 진리의 바다 저 깊은 심연에 침잠하여 고요하게 살아가는 삶에 비하여, 돈과 명예만 생각하고 사는 삶은 얼마나 하찮게 보이겠는가."[117]

생각의 순서

나는 지금까지 사람을 '생각하는 갈대'로 규정한 파스칼의 사상을 소개하면서, 생각의 중요성을 여러 가지 측면에서 강조했습니다. 생각이 환경을 만들고, 건강을 좌우하고, 성공을 결정하고, 끝으로 마음의 평화도 결국 생각에 달려 있다고 말했습니다.

그러나 우리는 여기서 한 가지 현실적 문제에 부딪히게 됩니다. 도대체 그 많은 생각 중에서 어떤 생각부터 해야 합니까? 밥벌이부터 걱정해야 됩니까? 인생의 목적부터 명상해야 합니까? 물론 우리가 이 모든 문제를 진지하게 생각할 수 있다면, 그것이 바로 가장 바람직한 일일 것입니다. 그러나 인생은 유한하며, 어느 경우에는 생각 자체가 너무 복잡하여 도대체 어떻게 생각해야 되는지를 알 수 없으며, 더구나 모든 생각도 각자의 성향과 인생관에 따라서 다를 수 있습니다.

그렇다면 우리는 우선 무엇부터 생각해야 합니까? 생각의 우선순위는 어떤 것입니까? 예를 들어서, 우리는 학생의 본분은 배우는 일이라고 말합니다. 그렇다면 젊은 학생에게 노는 일은 전혀 중요하지 않단 말입니까? 오히려 요즘에는 잘 노는 학생이 공부도 잘 하지 않습니까? 물론 공부도 잘 하고 놀기도 잘 하면 가장 이상적일 것입니다. 그러나 현실적으로 우리는 그들의 우선순위를 알아야 합니다. 도대체 무엇부터 생각해야 합니까?

철학자들은 우리가 이 세상을 살아가면서 제기하지 않을 수 없는 질문을 크게 '어떻게'(how)를 묻는 질문과 '왜'(why)를 묻는 질문으로 분류합니다. 어떻게 점수를 따고, 어떻게 졸업하고, 어떻게 결혼하고, 어떻게 자동차와 집을 장만하느냐는 것은 모두 전자의 질문입니다. 그러나 도대체 내가 왜 이렇게 수많은 '어떻게'를 물어야 하느냐는 것은 후자의 질문입니다.

고상한 철학자들은 대개 '왜'를 먼저 묻고 '어떻게'를 그 다음에 질문하라고 말합니다. 전자는 원칙적·철학적·종교적 질문이고, 후자는 일상적·과학적·상식적 질문이기 때문입니다. 흔히 철학자들이 "도대체 왜 이 세상에는 모든 것이 존재하고 있는

가?"를 가장 중요한 질문으로 간주하는 이유도 여기에 있습니다.

그러나 나는 그렇게 생각하지 않습니다. '왜'를 묻는 질문은 먼저 '어떻게'를 묻는 질문에 대한 어느 정도의 해결책을 가진 사람만이 던질 수 있는 질문입니다. 예를 들어서, 우리는 흔히 "사람은 빵으로만 살 수 없다"고 말합니다. 빵이 전부가 아니라는 뜻입니다. 그러나 이 말을 가만히 생각해 봅시다. 그것은 바로 빵이 없으면 아무것도 할 수 없다는 뜻이며, 이런 점에서 앞의 격언은 빵의 중요성을 역설적으로 증명하는 명제가 됩니다.

굶어 죽는 사람이 어찌 공자나 소크라테스를 지껄일 수 있겠습니까. 그야말로 시조 300수를 외우는 것이 뭐 그리 대단하단 말입니까. 흔히 하는 말이지만, 공자나 소크라테스가 밥 먹여 주는 것이 아닙니다. 그러므로 '어떻게'를 해결한 사람만이 '왜'를 물을 수 있습니다. 희랍인들이 철학을 한가閑暇에서 나온 것으로 본 이유도 여기에 있습니다.

그러나 문제가 여기서 모두 해결된 것은 아닙니다. 한 사람이 이 사회에서 남에게 폐를 끼치지 않는 보통사람으로 산다는 것은 그리 만만한 일이 아닙니다. '어떻게'의 문제를 해결한다는 것이 그리 쉬운 일이 아닙니다. 어느 사람의 경우는 평생 이 질문에 매달리다가 '왜'의 문제에 전혀 신경조차 쓰지 못할 수도 있습니다. 기아로 허덕이는 아프리카에서 태어난 사람들이나 조국을 떠나 생존에 위협을 받으면서 나그네로 살아야 하는 탈북자들이 여기에 속합니다. 즉 절대 빈곤에 허덕이는 사람이 그의 속박으로부터 벗어난다는 것은 참으로 어려운 일입니다. 그들에게 '왜'라는 질문은 여유 있는 사람들의 말장난일 뿐입니다.

그런데 우리는 어떻습니까? 우리는 이제 '굶어 죽을 자유가 없는 대한민국'에서 태어났으며, 보릿고개를 이미 넘긴 사람들입니다. 그러면서도 우리는 수많은 '어떻게'의 질문에 얽매어서 평생 한 번도 '왜'를 묻지 않습니다. 내가 보기에, 이런 삶이야말로 주객이 전도된 삶이 아닐 수 없습니다. 그것은 마치 공주를 찾기 위해 집을 나선 왕자가 중간에 보석에 눈이 멀어서 도대체 왜 그가 집을 떠났는지를 망각한 경우와 다름이 없습니다. '어떻게'는 '왜'를 동반할 때 의미를 갖게 되며, '왜'는 어떤 형태로든지 '어떻게'를 해결한 사람만이 던질 수 있습니다.

여기서 우리는 철학자들이 이 두 질문을 너무 확연하게, 인위적으로 구분했다는 사실을 발견하게 됩니다. 어차피 과학적·상식적 질문은 종교적·철학적 질문을 던지게 되고, 그 반대의 경우도 마찬가지입니다. '왜'와 '어떻게'는 서로 상대방을 전제로 해야 정상적으로 기능할 수 있습니다. 마치 공자의 인仁과 노자의 도道는 상대방을 전제로 해야 전체의 의미를 전달할 수 있듯이.[118)]

끝으로 나는 생각의 우선순위에 대한 파스칼의 견해를 소개하겠습니다. 그것이 생각을 '왜'와 '어떻게'로 분류한 발상보다 훨씬 설득력이 있다고 생각하기 때문입니다. 물론 그렇게 믿지 않는 독자도 있겠지만, 나는 생각이란 분석적으로 접근할 때보다 종합적으로 접근할 때 그것의 실체를 더욱 정확히 파악할 수 있다고 믿습니다. 파스칼은 『팡세』에서 이렇게 말합니다.

생각의 순서는 자아로부터 시작해서 자아를 창조한 하느님과 자아의 목표를 생각하는 것이다.[119)]

여기서 우리는 생각의 순서에 대한 파스칼의 견해에 대하여 좀 생각해 볼 필요가 있습니다. 그는 독실한 기독교인이었습니다. 그래서 그는 모든 것을 제쳐놓고 우선 하느님을 먼저 생각해야 된다고 말할 수도 있었을 것입니다. 그러나 그는 그렇게 하지 않았습니다. 또한 그는 천재적인 수학자며 과학자며 발명가였습니다. 그래서 그는 모든 것을 제쳐놓고 학문에 정진해야 된다고 말할 수도 있었을 것입니다. 그러나 그는 그렇게 하지 않았습니다. 그는 모든 생각의 출발점은 '자아'라고 말합니다. 우리가 파스칼을 실존철학의 아버지로 간주하는 이유도 여기에 있습니다.[120)]

첫째, 우리는 먼저 '나'를 생각하고 '나'를 알아야 합니다. 돈도 중요하고, 명예도 중요하고, 다른 사람도 중요하고, 신이 존재한다면 신도 중요합니다. 그러나 그 중에서 가장 중요한 것은

‘나’라는 존재입니다. 그야말로 ‘천상천하 유아독존’이라는 식으로 자신의 중요성을 먼저 알아야 합니다. 나는 누구인가? 나는 무엇인가? 이 두 질문이 모든 질문 중에서 가장 중요한 질문입니다.

자아에 대한 질문은 성숙한 사람만이 던질 수 있습니다. 어린애는 끝없이 질문을 퍼붓습니다. 그러나 그의 모든 질문은 자신에 대한 질문이 아니라 자신 밖에 있는 것에 대한 질문입니다. 그는 자신의 신체 부위에도 여러 가지 신기한 모습을 가지고 있습니다. 어린애가 손톱 10개를 가지고 있다는 사실은 얼마나 신기한 일입니까. 그러나 그는 언제나 자신 밖에 있는 것에 관해서만 질문을 퍼붓습니다. 이와 마찬가지로, 만약 우리가 아직도 나 자신에 대한 관심보다는 다른 사람들에 대해서만 왕창 신경을 쏟다면, 그는 아직도 지적 유아 상태를 벗어나지 못하고 있는 것입니다.

둘째, 자아를 생각한 사람은 그 다음에 자아의 운명을 생각해야 합니다. 물론 여기서 말하는 운명은 기독교의 하느님이 될 수도 있고, 불교의 부처님이 될 수도 있고, 도교의 자연이 될 수도 있습니다. 도대체 나는 왜 이 세상에 태어났는가? 이 질문이 바로 인간 운명에 대한 질문입니다.

셋째, 자아에 대한 관심을 가지고 자아의 운명을 생각한 사람은 마지막으로 지금까지 해 온 두 가지 생각을 바탕으로 해서 자아의 목표를 찾아야 합니다. 나는 무엇을 희망해야 하는가? 이 질문이 바로 삶의 목표를 묻는 질문입니다.

이상의 세 질문은 결코 떨어져 있지 않습니다. 오히려 그들을 모두 합쳐서 종합적으로 생각할 때 진정 생각다운 생각이 가능하게 됩니다. 그러나 구태여 그들을 분리한다면, 첫째는 현재적 질문이며, 둘째는 과거적 질문이며, 셋째는 미래적 질문입니다.

현실에 두 발을 딛고 살아가는 '지금 여기'의 자아에 대하여 생각한다는 것은 바로 현재의 나의 모습을 탐구하려는 것이며, 유구한 역사 속에서 자아가 어떻게 결정되었느냐를 생각한다는 것은 바로 나의 과거 모습을 탐구하려는 것이며, 앞으로 내가 어떤 목적을 성취하기 위해 살아야 하느냐를 생각한다는 것은 바로 죽음을 포함한 모든 미래에 미리 대비하겠다는 뜻입니다.

결국 모든 생각은 자아로부터 시작하여 자아로 끝을 맺습니다. 그래서 19세기 영국의 대표적 시인 아놀드(Matthew Arnold, 1822~1888)는 "자기가 되도록 노력하라. 그리고 자신을 발견하는 사람은 슬픔이 없다는 것을 알라"고 말합니다.[121]

삶은 생각의 연속입니다. 생각하지 않고는 살 수가 없습니다. 살려면 생각하고, 생각하려면 살아 있어야 합니다. 특히 현대인은 수많은 생각에 지쳐 있습니다. 이것도 생각하고 저것도 생각하고… 생각이 계속 꼬리를 물고 닥쳐옵니다. 이런 상황에서 우리는 무엇부터 생각해야 합니까. 그것은 단연 '나'부터 생각해야 합니다. '나'가 없는 '우리'는 존재할 수 없습니다. 결국 '나'는 '우리 속의 나'가 되어야 하겠지만.

내게 남은 삶이 3일밖에 없다면

3일밖에 남지 않은 인생이라니⋯. 인생이란 이렇게도 짧은 것인가. 어떤 사람은 100세까지 살지 않는가. 그리고 요즘 태어나는 제1세계 사람들은 적어도 150세를 산다고 하지 않는가.

물론 나도 내가 죽은 다음의 일을 전혀 생각해 보지 않은 것은 아닙니다. 죽은 다음에 시신을 기증할 것인가, 매장할 것인가, 화장할 것인가. 미국에 있는 어머니의 묘소를 한국으로 이장해야 하는가. 그리고 일 년에 몇 번도 제대로 방문하지 못하는 할아버지 묘소는 어떻게 해야 하는가. 그러나 이런 생각들도 바쁜 일상에 매몰되어 곧 사라지곤 했습니다. 그러니까 한심하게도 나는 다른 사람들의 인생에 대하여는 여러 가지 충고를 주면서도 정작 나 자신에 대하여는 별로 신경을 쓰지 않았던 것입니다. 나의 발등에 떨어진 불을 그대로 놔두고 남의 집 불끄기만 했던 것입니다.

이런 생각에 잠겨 있던 나는 문득 파스칼의 『팡세』에 나오는 구절을 떠올립니다. "우리는 마치 8시간밖에 살 수 없는 듯이 행동해야 한다."[122] 나는 왜 파스칼이 7시간이나 72시간이 아닌 8시간을 강조했는지를 알 수 없습니다. 아마도 하루는 24시간이지만 그 중에서 8시간은 잠을 자고 8시간은 일을 하고, 정작 나의 삶에 꼭 필요한 시간은 내가 스스로 선택할 수 있는 나머지 8시간밖에 없다고 생각해서일까요. 하여간 앞의 3일이 이제 8시간으로 단축되었으니 나의 가슴은 더욱 조급할 뿐입니다. 계산적으로 보면, 3일은 8시간의 9배가 되며, 그래서 그들의 차이는 그야말로 하늘과 땅의 차이가 될 수 있기 때문입니다.

그러면 8시간밖에 살 수 없는 삶의 모습은 어떤 것일까요. 파스칼이 우리에게 제시하는 그림은 너무 회색빛이어서 우울합니다.

많은 사람들이 사형 선고를 받고 사슬에 묶여 있으며, 그 중에서 몇 사람은 매일 사람들이 보는 앞에서 죽어가고 있으며, 남은 사람들은 아무런 희망도 없이 그저 죽어가는 동료의 운명 속에서 자신의 운명을 지켜보면서 순서를 기다리고 있다. 이것이 인간 조건의 이미지다.

우리는 동료들의 집단에 의존하고 있는 바보일 뿐이다. 그러나 우리가 아무리 비참하고 무력해도, 그들은 우리를 도와줄 수 없다. 우리는 모두 혼자 죽는다. 그러므로 우리는 마치 혼자인 양 행동해야 한다. 그래도 우리는 거대한 저택을 짓는 따위의 일을 해야 하는가.[123]

그러면 우리는 어떻게 해야 합니까? 파스칼은 이렇게 충고합니다. "우리는 즉시 진리를 추구해야 한다. 만약 우리가 진리를 추구하지 않으면, 우리는 인간에 대한 존경심을 진리 추구보다 더욱 귀중하게 여기는 것이다."[124] 우리는 이런 충고를 환생의 교리를 가르치는 『티벳 死者의 書』에 나오는 「여섯 바르도의 서시」에서도 발견할 수 있습니다.

아, 삶의 바르도가 나에게 밝아온다. 이제 삶을 허비할 시간이 없구나. 나는 게으름을 버려야 한다. 듣고, 생각하며, 명상하는 길을 다만 흔들림 없이 걷게 하소서. 그리하여 한 번 인간의 몸을 얻은 뒤에 헛되이 방황하면서 시간을 낭비하지 않게 하소서.[125]

우리는 파스칼이 그린 회색빛 그림을 쉽게 납득할 수 있습니다. 분명히 우리들의 삶은 사형 선고를 받은 사람들이 차례대로 죽어가는 장면을 단지 목격하고 있을 수밖에 없는 비참하고 무력한 존재입니다. 그리고 분명히 모든 사람은 혼자 태어나서 혼자 죽습니다. 이것은 누구도 부인할 수 없는 엄연한 현실입니다.

그럼에도 '인간에 대한 존경심'을 버리고 진리를 추구하라는 파스칼의 외침은 어딘지 모르게 좀 공허하게 들립니다. 도대체 진리란 무엇이며, 무엇이 진리란 말입니까. 물론 진리는 정확히 규정지을 수는 없을 것입니다. 그래서 철학자들은 대응설, 정합설, 실용설 등의 여러 가지 진리 기준을 제시했을 것입니다.

또한 진리가 과연 존재한다고 해도, 그것은 각자에 따라서 다를 수밖에 없을 것입니다. 인간들이 서로 다양하고, 인간이 추구하는 진리는 시간과 장소에 따라서 각기 다른 옷을 입고 나타날 수밖에 없기 때문입니다.

그러나 진리에 대한 개념 규정보다 더욱 중요한 것은 바로 이것입니다. 왜 우리는 8시간밖에 살지 못하면서도 진리를 추구해야 된단 말인가. 왜 우리는 그 시간에 진리 대신에 '인간에 대한 존경심'을 추구하지 말아야 하는가. 이 질문에 대한 파스칼의 답변은 극히 간단하면서도 굉장히 시사적입니다. 그는 진리 추구 이외의 모든 일을 한 마디로 허영으로 규정합니다. 그래서 앞에 인용한 『광세』의 203절은 이렇게 말합니다. "허영의 매혹으로 해를 입지 않으려면, 우리는 마치 8시간밖에 살 수 없는 듯이 행동해야 한다." 불교적으로 말하면, 모든 욕망을 버려야 한다는 것입니다.

그러면 누가 욕망과 허영에 들떠 있습니까? 파스칼에 따르면,

이 세상에 존재하는 모든 인간은 욕망의 덩어리일 뿐입니다. 그것은 젊은이나 정치가들의 것만도 아니며 늙은이만의 것도 아닙니다. 모든 인간은 욕망을 가지고 있으며, 단지 그들의 정도 차이가 있을 뿐입니다. 시인 에즈라 파운드는 이렇게 말합니다.

> 개미도 자신의 세계 속에서는 거대한 센토(희랍신화에 나오는 반인
> 반마의 괴물)다.
> 그대의 허영을 버려라.
> 용기를 주고, 질서를 만들고, 은혜를 주는 것은 인간이 아니다.
> 그대의 허영을 버려라.
> 내가 말하노니, 제발 버려라.
> 그리고 그대가 마땅히 있어야 할 장소인 푸른 세계를 배워라.[126]

욕망에는 어떤 종류가 있을까요?

첫째, 모든 사람은 육체의 아름다움을 추구하는 욕망을 가지고 있습니다. 물론 육체의 아름다움을 추구하는 것 자체가 나쁜 것은 아닙니다. 이왕이면 찰떡이 좋고 이왕이면 다홍치마가 좋게 마련입니다. 다만 정신의 아름다움을 제쳐놓고 육체의 아름다움만 추구하는 것은 허영이라는 뜻입니다. 파스칼이 사랑을 허영의 극치라고 외친 이유도 여기에 있습니다.

클레오파트라의 코, 그것이 조금만 낮았더라면 세계의 모든 면이 변했을 것이다. 인간의 허영을 충분히 알려고 하는 사람은 사랑의 원인과 결과만 생각해 보면 쉽게 알 수 있다. 사랑의 원인은 우리가 전혀 잘 알 수 없는 것, 우리가 인식하지 못할 정도로 조그만 것이다. 그러나 그것이 군인들, 군대, 전체 세계를 동요시킨다.[127]

실로 우리의 육체적 욕망은 문자 그대로 무한궤도를 달리고 있습니다. 우리가 흔히 남성은 정력 보강제에 죽고 여성은 미인이 될 수 있다면 양잿물까지 마실 수 있다고 말하는 이유도 여기에 있습니다. 몽테뉴는 그의 『수상록』에서 이렇게 말합니다.

아름다움을 조금이라도 증가시킬 수 있다는 희망이 있을 때, 여성은 그 무엇을 할 수 없으며, 그 무엇을 두려워하는가? 티불르스는, 여성은 흰 머리카락을 뽑고 새로운 얼굴을 만들기 위해서는 피부를 벗길 정도라고 말한다. 나도 창백한 얼굴을 갖기 위해 모래와 재를 삼켜서 의도적으로 위장을 상하게 하는 여성을 실제로 본 일이 있다. 그리고 날씬한 몸매를 갖기 위한 스페인 스타일은 허리에 엄청난 고통을 줄 정도로 싱싱한 육체를 꼭 잡아매고, 어느 경우에는 그러다가 죽기도 한다는 것이다. 그러니 여성은 어떤 고문을 견디지 못하겠는가?[128]

둘째, 모든 사람은 지상 최대의 금전과 재산을 추구하는 욕망을 가지고 있습니다. 그러나 우리는 여기서 소유는 존재를 위하여 있으며, 존재는 영원을 위해 있다는 진리를 되찾아야 합니다. 정말 사람답게 살고 죽으려면.

셋째, 모든 사람은 다름 사람들의 인정을 받고, 존경을 받으려는 욕망을 가지고 있습니다. 그래서 싼타야나는 "허영 중에서 가장 높은 형태의 허영은 명성에 대한 사랑"이라고 말하고, 루소는 "명예에 대한 허영 이외의 모든 허영은 우리가 쉽게 버릴 수 있다"고 말합니다.[129]

넷째, 모든 사람은 영원히 살려는 욕망을 가지고 있습니다. 그것이 절대로 불가능하다는 사실을 잘 알고 있으면서도.

이상의 네 가지 욕망은 인간을 꼭 잡고 절대로 놓아주지 않습니다. 우리가 그것들로부터 벗어나려고 발버둥칠수록 그것은 더욱 우리를 붙잡습니다. 참으로 끈질긴 욕망의 그늘입니다. 그러나 이 모든 허영도 8시간의 삶, 3일간의 삶 앞에서는 봄눈이 녹듯이 사라집니다. 참으로 죽음은 위대하기도 합니다. 평생 벗어나려고 했으나 벗어나지 못한 그물을 아주 쉽게 벗겨내고 있으니 말입니다.

그러면 8시간의 삶, 3일간의 삶이 가진 이 위대한 힘은 어디서 나오는 것입니까? 그것은 지금까지 우리가 가지고 있던 자아관, 인생관, 세계관을 전혀 새로운 각도에서 조명하도록 만들기 때문입니다. 지금까지의 가짜인 나를 버리고 진짜인 나를 보고, 사물의 현상보다는 본질을 직관하도록 만들기 때문입니다. 불교는 이런 새로운 시각을 제행무상諸行無常이라고 표현하며, 성서는 "헛되고 헛되고 헛되니 모든 것이 헛되도다"라고 표현합니다.

나의 견해에 따르면, 가치 있는 것은 하나도 없으며, 모든 일은 헛된 일이로다. 사람은 하늘 아래에서 열심히 일해 무엇을 얻는가? 세대는 오고 가지만, 아무런 영향도 주지 못하노라.

해는 뜨고 지며, 다시 뜨려고 서두른다. 바람은 남쪽으로 불다가 북쪽으로 가고, 여기저기로 왔다가 갔다가 하지만 아무 곳에도 도달하지 못하느니라. 강은 바다로 흐르지만 바다는 영원히 차지 않고, 물은 다시 강으로 흘렀다가 또 다시 바다로 흐른다. 모든 것은 말할 수 없을 정도로 피곤하고 귀찮을 뿐이다.

우리는 아무리 많이 보아도 만족하지 못하며, 아무리 많이 들어도 만족하지 못한다. 역사는 단지 되풀이될 뿐이다. 새로운 것은 이 세상에 하나도 없느니라.

모든 것은 이미 예전에 되었던 일이거나 말해졌던 일일 뿐이다. 너희들은 새로운 것으로 과연 무엇을 지적할 수 있겠는가? 그것이 먼 옛날에 존재하지 않았다는 것을 너희들은 어떻게 알 수 있는가? 우리는 옛날에 일어난 일을 기억하지 못하며, 미래 세대는 오늘날 우리가 여기서 한 일을 기억하지 못할 것이다. 지혜가 증가할수록 슬픔이 더욱 증가하고, 지식이 증가할수록 괴로움이 더욱 증가하느니라. [130]

내게 주어진 삶이 3일밖에 없다면, 나는 그 기간에 무엇을 할 것인가? 물론 이런 질문은 내가 아직 생각할 수 있을 정도로 건강하고 치매에 걸리지 않았다는 전제를 가지고 있습니다. 고통을 도저히 이길 수 없을 정도로 육체가 쇠약하거나 정신이 올바르게 생각조차 할 수 없다면, 나의 마지막 3일은 삶의 시간이 아니라 죽음의 시간일 뿐입니다. 이런 뜻에서 나는 나의 육체가 그저 숨만 쉬고 있는 고통의 상태를 대비하여 나의 안락사를 주위 사람들에게 부탁해 놓았습니다. 죽음의 권위 또한 삶의 권위만큼 중요하다고 믿고 있기 때문입니다.

첫째 날에 나는 나의 육체와 관련된 모든 것을 정리하겠습니다. 우선 1만 권이 되는 장서를 그냥 불태워 버릴 것인지, 또는 다른 사람이나 기관에 기증할 것인지를 결정하고, 나의 장례식을 부탁하고, 쥐꼬리만큼 들어올 인세의 처리도 명확히 할 것입니다. 그러나 나는 내 아들들에게는 아무런 유산을 남기지 않겠습니다. 모든 사람은 바닥부터 시작해야 한다고 믿기 때문입니다.

그때 아마도 나는 내세 문제에 대한 어떤 나름대로의 결론을 내려야 할 것이며, 그 과정에서 나는 철저한 무신론자였던 러셀이 제시한 길과 철저한 유신론자였던 키에르케고르가 제시한 길을 비교할 것이며, 더 나아가서 내세를 전제로 해서만 현세의 의미를 찾을 수 있다는 서양의 죽음과 그런 것을 전제하지 않는 동양의 죽음을 비교할 것입니다. 그러나 모르긴 몰라도 나는 어떤 확실한 결론에 이르지 못할 것 같은 생각이 듭니다. 그래서 영혼 불멸을 확인하지 않고도 편안하게 죽을 수 있었던 소크라테스,[131] 회의론자도 편안하게 죽을 수 있다는 사실을 보여 준 흄,[132] 그리고 자연의 일부로 태어난 인간은 다시 거대한 자연의 품으로 돌아간다는 관조적 동양인의 죽음을 선호할지도 모르겠습니다. 어떤 경우를 막론하고 나는 절대로 이를 갈면서 죽지 않기를 바랍니다.

둘째 날에 나는 내가 과거에 사랑했던 사람들, 현재 사랑하고 있는 사람들, 그리고 앞으로 사랑할 사람들에게 작별의 인사를 하겠습니다. 내가 과거에 사랑했던 사람들 중에는 분명히 나의 가족과 친구들뿐 아니라 먼저 세상을 떠난 나의 어머니가 가장 중요한 사람으로 남을 것입니다. 나는 아직도 이 세상에서 나를 가장 극진히 사랑해 준 사람으로는 당연히 어머니를 꼽고 있습니다.

현재 사랑하고 있는 사람들의 명단을 지금부터 미리미리 만들어야 할 것 같습니다. 그렇지 않으면 누락된 사람이 있을 것입니다. 그리고 내가 과거에 사랑했던 사람들과 현재 사랑하는 사람들 이외에 앞으로 나를 사랑할 사람들에게 미리 부탁할 내용은 무엇입니까? 나는 그들이 내가 생전에 하지 못한 일을 해주기를 바랍니다.

나는 전쟁보다는 평화, 살생보다는 방생, 미움보다는 기쁨을 전달하는 전령사가 되고 싶었습니다. 냉철한 머리의 소유자보다는 따스한 가슴의 소유자가 되고 싶었습니다. 생명의 은혜를 받은 사람, 마지막 중생의 깨달음을 위해 자신의 극락행을 연기해 놓고 있는 보살, 마치 봉사하기 위해 태어난 듯한 소수의 봉사자가 되고 싶었습니다. 이것은 진심이었습니다. 그러나 그것은 마음뿐이었습니다. 마음은 원이로되 육신이 약했던 것입니다.

나는 평생에 얼마나 많은 사람을 정면으로 비판하여 그들의 가슴을 아프게 했던가. 나는 얼마나 여러 번 나의 눈에 있는 들보를 보지 못하고 그들의 눈에 있는 가시만 보았던가. 아, 참으로 나는 죄인이며 무명에 가린 가련한 중생일 뿐입니다. 내가 앞으로 사랑할 사람들은 내가 그토록 원하면서도 실천하지 못한 이런 일들을 더욱 열심히 해주기 바랍니다.

그 중에도 우리나라에 종교간의 대화를 정착시키려고 힘썼던 나의 작은 노력을 계승하려는 제자가 있다면, 나는 그에게 나의 마지막 축복의 기도를 드리고 싶습니다. 나는 아직도 인간의 몸과 정신과 영혼을 전부 사로잡을 수 있는 것은 종교며, 특히 우리나라와 같은 복수 종교 사회에서는 종교와 종교의 만남이 종교와 사회의 만남보다 더욱 중요하다고 믿기 때문입니다. "종교철학이여, 영원하라!" 이것이 내가 부르짖고 싶은 슬로건입니다.

첫째 날이 육체를 청산하는 날이고, 둘째 날이 정신을 청산하는 날이라면, 셋째 날은 영혼을 청산하는 날이 될 것입니다. 여기서 내가 과연 영혼의 존재를 믿고 있느냐는 질문은 전혀 의미가 없습니다. 나는 단지 소크라테스와 마찬가지로 육체는 정신으로 귀일하고, 정신은 영혼으로 귀일한다고 믿고 있습니다. 어느 학자는 소크라테스의 죽음을 이렇게 설명합니다.

영혼이란 비록 24시간밖에 살지 못한다고 해도 마치 영원을 초월하는 듯이 관심을 가질 가치가 있다. 만약 우리가 하루밖에 살 수 없고, 그 다음에는 백지 이외에는 아무 것도 기대할 수 없다고 해도, 소크라테스는 여전히 우리가 영혼을 향상시킬 필요가 있다고 생각한다.

우리는 영혼과 더불어 그 하루를 살아야 한다. 여기서 우리가 더욱 훌륭한 자아를 가지고 살 수 있다면, 왜 우리는 그 하루를 더욱 나쁜 자아를 가지고 살아야 하는가?[133]

공자는 "생사는 유명하며 부귀는 재천"이라고 말합니다. 죽고 사는 것은 목숨에 달려 있고 부귀는 하늘이 정해 준다는 뜻입니다. 그리고 『명심보감』은 "만사분기정萬事分己定 부생공자망浮生空自忙"이라고 말합니다. 만사는 이미 나누어져 마련되어 있는데 사람들이 부질없이 바쁘게 지낸다는 뜻입니다. 각자의 분수를 알아야 합니다.[134] 「수심결」에는 이런 구절이 있습니다.

바라건대 참되게 살려는 사람은 게으르지 말고

탐욕과 음욕에 집착하지 말며

머리에 타는 불 끄듯이

돌이켜 살필 줄 알아야 한다

덧없음이 신속하여

몸은 아침이슬 같고

목숨은 저녁노을 같다

오늘은 있을지라도 내일은 기약하기 어려우니

간절히 마음에 새겨둘 일이다

이 몸을 금생에 건지지 않으면

다시 어느 생을 기다려 건질 것인가

한번 사람 몸을 잃게 되면

만겁에 돌이키기 어려우니라

나는 마지막 셋째 날에 웃으면서 이 세상을 하직하기를 간절히 바랍니다. 감격의 눈물이라면 더욱 좋겠지만.[135]

사람들은 대개 남은 인생이 천년만년이나 되는 것인 양 생각하고 행동하면서 살아갑니다. 그래서 오늘 할 일도 대수롭지 않게 내일로 미루기도 하고, 단단히 결심했던 일도 흐지부지하게 됩니다. 이미 충분히 가지고 있으면서도 더 가지려고 아등바등하고,

작은 이익을 탐하여 소중한 사람들과 척을 지기도 합니다. 그러나 인생은 그리 길지 않습니다. 젊음도 한순간이고 백발이 찾아오는 가 싶으면 문득 죽을자리에 누워 있게 되는 것입니다.

그러므로 "내게 남은 시간은 오늘 하루 뿐"이라는 정신으로 살아갈 필요가 있습니다. 그러면 아마도 인생을 허투루 사는 일은 없을 것입니다. 헛된 탐욕에 붙들려 다른 사람을 해하거나 나를 망치는 일도 없을 것입니다. 아무리 나이 들어도 젊은이 못지않은 생기발랄함으로 살아가게 될 것입니다.

나이 든다는 것은 결코 서글픈 일이 아닙니다. 인생이 더욱 풍요로워지는 일입니다. 죽음을 두려워할 필요는 없습니다. 새로운 시작이니까요. 날마다 마지막이라는 생각, 그것이 바로 날마다 활기찬 처음을 열어 줄 것입니다.

어느 나이고 다 살만하다

우리는 어려서 어른을 그리워하고 늙어서 젊은 시절을 그리워하는 '평생 후회하는 인생'이 되지 말아야 합니다. 나막신 파는 아들과 짚신 파는 아들을 가진 어머니와 같은 사람이 되지 말아야 합니다. 젊을 때는 젊을 때만 할 수 있는 일을 열심히 하고, 늙어서는 늙어서만 할 수 있는 일을 열심히 해야 합니다. 이미 말했듯이 우리는 언제나 현재 나의 나이가 가장 좋다고 생각해야 합니다. 이것이 바로 모든 순간을 새롭게 사는 삶이며, 금아가 말하는 "어느 나이고 다 살만하다"는 경지가 됩니다. 김미현은 박완서의 소설을 평하면서 이렇게 말합니다.

늙지 않았다고 생각하는 것은 고착과 퇴행을 부르지만, 늙어도 괜찮다고 생각하는 것은 성숙과 초월을 부른다. 인간은 자신의 나이와 친할 때 가장 좋아 보인다. 그래서 젊은 여자의 깊게 팬 주름살은 이물스럽고, 늙은 여자의 긴 생머리는 처량 맞다. 박완서와 그녀의 소설은 사이좋게 같이 나이를 먹어가는 친구 같다.

뜨거운 것은 오래 참을 수 없지만 따뜻한 것은 오래 있어도 좋다. 젊은 사람들의 사랑은 뜨겁고, 늙은 사람들의 사랑은 따뜻하다. 젊은 사람들은 좋아서 사랑을 하고, 늙은 사람들은 외로워서 사랑을 한다. 그래서 젊은 사람들은 자신과 다른 사람에게 끌리기 쉽고, 늙은 사람들은 자신과 비슷한 사람에게 끌리기 쉽다. 젊은 사람들이 나누는 것은 정열이지만, 늙은 사람들이 나누는 것은 연민이기 때문이다. 정열은 후회를 낳지만, 연민은 위로를 낳는다.[136]

그러나 어느 나이고 다 살 만하다는 경지는 그냥 나이만 먹으면 도달하는 경지가 아닙니다. 그것은—다시 금아의 표현을 빌리면— '애욕·번뇌·실망에서 해탈'해야만 얻을 수 있는 경지며, 이 해탈은 감나무 밑에서 그냥 감이 떨어지기를 기다리지 않고 부단히 자신을 수양하면서도 천명天命에 순복順服하는 고달픈 수도의 과정을 통해서만 얻을 수 있는 경지입니다. 금아는 「만년」에서 이런 경지를 '염치없는 사람'이라는 역설적인 말로 표현합니다.

하늘의 별을 쳐다볼 때 내세가 있었으면 해보기도 한다. 신기한 것, 아름다운 것을 볼 때 살아 있다는 사실을 다행으로 생각해 본다. 그리고 훗날 내 글을 읽는 사람이 있어 '사랑을 하고 갔구나' 하고 한 숨지어 주기를 바라기도 한다. 나는 참 염치없는 사람이다.[137]

박연구는 이렇게 말합니다. "예순 한 살부터는 사실상 자기 인생을 사는 것이 아니라고도 할 수 있으리라. 어찌 생각하면, 60세 이전에 죽은 이들의 나이를 대신 살아주는 셈이 되는 것이다."[138]

그러면 남의 몫까지 사는 삶이란 어떤 것일까요? 첫째로 그것은 죽는 순간까지 세상에 대한 관심과 호기심을 잃지 않는 것입니다.

늙을수록 돈이 있어야 한다는 소리를 자주 듣는다. 물론 돈도 있어야겠지만 더 중요한 것은 세상을 바라보는 마음의 방향이리라. 세상으로 향한 관심과 호기심의 문을 활짝 열어놓고 사는 한, 그 사람의 내면은 항상 청춘일 수 있다는 게 나의 지론이다.

90이 넘도록 장수하시고 돌아가신 나의 외할머니는 생전에 늘 궁금한 것이 많아서 모르고 그냥 넘어가는 일이 드물었다. "그기이 머꼬?"가 입버릇이셨다. 80을 바라보는 나의 시어머니도 마찬가지다. 경상도가 아니고 충청도 분이시라 "머꼬?" 대신 "머여어?"가 차이라면 차이일까.[139]

둘째로 남의 몫까지 사는 삶이란 그저 열심히 열심히 사는 것입니다. '봄 여름에 피는 꽃도 아름답지마는, 가을 겨울에 피는 꽃도 못지 않게, 아니 오히려 더 깊고 그윽한 아름다움이 있을 수 있기' 때문입니다.[140]

비록 미모와 재능을 겸비하지 못한 숨은 일꾼이라 할지라도 각자 자신의 자리에서 하느님이 주신 자신의 '몫'이 무엇인가를 열심히 추구하면서, 늘상 기도하는 마음으로 즐겁게 신나게 실천하며 열심히 살아가는 사람들은 모두 모두가 아름답다. 사랑의 눈빛, 사랑의 몸짓으로.[141]

셋째로 남의 몫까지 사는 삶은 욕심 없이 사는 것입니다. 박주오는 「나의 일생」에서 이렇게 말합니다.

살아온 길보다 갈 길이

짧은 인생

빈-마음

빈-손에

무엇을 더 바라리

스미는 풀향기 속에

산새소리 정겨운 수풀 우거진

청산에 묻혀

세상사 잊고 자연과 더불어

백치 아다다와 같이 살리라

피부로 四季節을 느끼는

그 날까지….[142]

우리는 모두 순간을 삽니다. 그리고 한 번 지나간 순간은 영원
히 다시 오지 않습니다. 삶의 모든 순간을 가능한 한 아름답게, 사
랑하면서, 그리고 빚을 갚는 마음으로 살 것입니다. 그래서 '허수
아비 플라톤'이라도 된다면, 이 얼마나 다행한 일입니까.

註 解

첫째 마당

1) 『논어』, 위정, 2:4 "子曰 吾十有五而志于學 三十而立 四十而不惑 五十而知
    天命 六十而耳順 七十而從心所欲 不踰矩."
2) 『논어』, 계씨, 16:7 "孔子曰 君子有三戒 少之時 血氣未定 戒之在色 及其壯
    也 血氣方剛 戒之在鬪 及其老也 血氣旣衰 戒之在得."
3) Huston Smith, *The Religions of Man*, Harper & Row, 1958. (황필호, 『영어
    로 배우는 인생: 철학하기란 무엇인가』, 우공, 2001, p.246에서 재인용.)
4) 같은 책, p.253에서 재인용.
5) 피천득, 『수필』, 범우사, 1976, pp.56~57.
6) A. Schopenhauer, 김재혁 역, 『쇼펜하우어 인생론』, 육문사, 1989, p.247.
7) 같은 책, pp.238~239.
8) 피천득, 앞의 책, p.57.
9) 같은 책, P.125.
10) 같은 책, p.125.
11) 같은 책, pp.125~126.
12) Michel Montaigne, *The Complete Essays of Montaigne*, tr. Donald M.
     Frame, Stanford University Press, 1957, p.237.
13) 피천득, 앞의 책, p.123.
14) 같은 책, p.124.
15) 김흥호, 『생각없는 생각』, 솔, 1999, pp.34~35.
16) 『논어』, 자한, 9:4 "子絶四 毋意 毋必 毋固 毋我."

둘째 마당

17) Cf. 언어와 침묵의 관계에 대하여는 다음을 참조할 것. Carrin Dunn, 황필
     호 역, 『석가와 예수의 대화』, 다미원, 2000, pp.19~32.
18) 일반적으로 사람들에게 회자되는 「건강 십계」는 다음과 같다. "小肉多菜 ·
     小鹽多酢 · 小糖多果 · 小食多嚼 · 小煩多眠 · 小怒多笑 · 小衣多浴 · 小車多
     步 · 小慾多施 · 小言多行"
19) 파스칼의 사상에 대하여는 다음을 참조할 것. 황필호, 『문학철학 산책』, 집
     문당, 1996, pp.203~254; Cf. 황필호, 『영어로 배우는 인생』, 우공, 2001,
     pp.49~63.

20) Philip Selby, 김영만 역, 『건강한 노후 생활』, 을유문화사, 1992, pp.49~50.
21) Cf. 황필호, 「무엇부터 생각해야 하는가」, 『우리 길벗』, 창간호, 2004년 10월, pp.164~177.
22) Selby, 앞의 책, p.30.
23) 김홍호, 『생각 없는 생각』, 솔, 1999, pp.42~43.
24) Selby, 앞의 책, pp.39~40.
25) Selby, 앞의 책, pp.73~74.
26) 김혜자, 『꽃으로도 때리지 말라』, 오래된미래, 2004, pp.35~38.
27) Erich Fromm, *The Art of Loving*, Bantam Books, 1956, p.19.
28) 이지선, 『지선아 사랑해』, 이레, 2003, p.233; pp.250~251; p.262.
29) Elisabeth Kübler-Ross, *On Death and Dying*, MacMillan, 1969, pp.38~137. Cf. 황필호, 「수필에 나타난 늙음과 죽음」, 『문학철학 산책』, 집문당, 1996, p.69.
30) 김열규, 『메멘토 모리: 죽음을 기억하라』, 궁리, 2001, p.12.
31) 천상병, 「歸天」, 『아름다운 이 세상 소풍 끝내는 날』, 미래사, 1991, p.33.
32) Kahlil Gibran, *The Prophet*, Alfred A. Knopf, New York, 1923, p.71.
33) 황필호, 「죽음에 대한 서양인과 한국인의 견해」, 『인문학·과학 에세이』, 철학과현실사, 2002, pp.228~268.
34) Dylan Thomas, *Do Not Go into That Gentle Night*, 『조선일보』, 2004년 8월 17일.
35) 같은 글
36) 이정현, 『갈잎이 있는 풍경』, 우진, 1991, p.18.

셋째 마당

37) 황필호, 『길 위에서』, 종로서적, 1984, p.117.
38) 황필호, 『생각하는 여성을 위한 명상록』, 기린원, 1986, pp.203~204.
39) Cf. 황필호, 『길 위에서』, 앞의 책, pp.117~118.
40) 황필호, 『철학적 여성학』, 종로서적, 1986, p.143.
41) 같은 책, p.142.
42) 같은 책, p.142.
43) 황필호, 『삶이 무엇이냐고 묻는다면』, 자유문학사, 1991, p.240.
44) 같은 책, p.242.
45) 같은 책, p.243.
46) 원문: "Waiting is a quiet contentment."
47) 성 아우구스티누스, 『고백록』, 11:14, Image Books, 1960, p.287.
48) Cf. Karl Jaspers, 황필호 역, 『소크라테스, 공자, 석가, 예수, 모하메드』,

강남대, 2001, p.42.

49) Simone de Beauvoir, *The Coming of Age*, Patrick O'Brian, tr. Warner Books, 1970, p.7.

50) 같은 책, p.8.

51) 같은 책, p.1.

52) 같은 책, pp.8~9.

53) 같은 책, p. 15.

54) 박혜란, 『나이듦에 대하여』, 웅진닷컴, 2001, p.22.

55) 같은 책, pp.5~7.

56) 같은 책, pp.126~127.

57) 같은 책, p.131.

58) 같은 책, p.186.

59) 같은 책, pp.187~189.

60) 같은 책, pp.69~70.

61) 같은 책, p.203.

62) 같은 책, pp.136~137.

63) 같은 책, pp.137~138.

64) 정규복, 『찰나와 영겁』, 국학자료원, 2003, p.14.

65) 같은 책, p.25.

66) 같은 책, p.25.

67) 같은 책, pp.24~25.

68) 이순희, 「여생」, 『자전거』, 선우미디어, 2001, pp.135~136.

69) 같은 글, pp.138~139.

70) Philip Selby 외, 김영만 역, 『건강한 노후 생활』, 을유문화사, 1992, p.25.

71) 같은 책, p.26.

72) Cf. "생각해 보면 늙는다는 것이 꼭 나쁜 것만은 아닌 것 같다. 살림을 모으느라 애면글면할 필요도 없고, 자녀를 키우느라 애간장 태울 일도 없다. 남편 뒷바라지에 시달리지도 않을 것이며, 무엇보다도 집념과 집착에서 벗어나 매사를 객관화시켜 볼 수 있는 여유가 생긴 것이라 하겠다. 40대는 학벌·50대는 용모·60대는 남녀의 구별이 없어진다는 우스개도 있지만, 평생 나를 구속하고 있던 생의 의무감에서 벗어나 자유롭게 살 수 있는 이 나이야말로 축복이요 즐거움일 것이다. 이런 나이에 이르도록 살아남은 것만으로도 자족하고 자만해야 되리라." 정경, 「이가 없으면 잇몸으로」, 『숲과 물과 대지의 콘서트』, 문학관, 2005, p.72.

73) 도연명,『잡시雜詩』가운데 한 작품의 일절. 임종욱,『고사성어대사전』, 시대
의창, 2004, p.543에서 재인용.

74) 『고문진보古文眞寶·후집後集』권1, 한고조,「추풍사秋風辭」의 일절. 임종욱,
같은책, p.1144에서 재인용.

75) 이백,「춘야연도리원서春夜宴桃李園序」의 일절. 임종욱, 같은 책, p.966에서
재인용.

76) 주희,『주문공문집朱文公文集』,「권학문勸學文」. 임종욱, 같은 책, p.548에서
재인용. Cf. 주자의「권학문」은 두 가지가 전해 오는데, 다른 하나는 "젊음
은 쉬 가고 배움은 이루기 어렵나니 한 치 시간인들 어찌 가볍게 여기리요.
지당池塘에 돋은 봄풀이 꿈을 깨기도 전에 섬돌에는 오동잎 어느새 벌레 소
리 들리네(少年易老學難成 一寸光陰不可輕 未覺池塘春草夢 階前梧葉已秋
聲)"이다.

77) 최재범,「만년 지각생의 이야기」,『전북문학』, 제207호, 2002년 1월호, p.104.

78) 같은 글, p.105.

79) 같은 글, p.105.

80) 같은 글, p.107. Cf. 늦깎이에게도 도전은 끝없이 온다. 예를 들어서, 작가는
최근에 영어를 배워야 한다는 유혹을 또 받는다. "어제 캐나다에 살고 있는
아홉 살짜리 손자의 편지를 받았습니다. 영어로 써야 하는데 할머니가 못
알아볼까 봐 한글로 쓴다고 했습니다. 이번엔 영어 공부를 하라는 이 놈의
유혹이 아닌가." 같은 글, p.107.

81) 같은 글, p.107.

82) "천천히 그러나 꾸준히(Slow, But Steady!)"라는 표현은 서정수필의 대가
인 찰스 램의 "말끔하게, 그러나 너무 화려하지 않게(Neat, Not Gaudy!)"라
는 표현을 연상시킨다. Cf. 황필호,『우리 수필 평론』, 집문당, 1997, p.89.

83) 최재범, 앞의 글, pp.107~108.

84) 같은 글, p.108.

85) 맹난자,「탱고, 그 관능의 쓸쓸함에 대하여」,『에세이 문학』, 1999년 가을
호, pp.164~165.

86) 같은 글, p.166.

87) 같은 글, p.165.

88) 김종완,「신인대망론」,『에세이 문학』, 1999년 겨울호, p.313.

89) 같은 글, p.314.

90) 맹난자, 앞의 글, p.167.

91) 같은 글, p.168.

92) 같은 글, p.165.

93) 황필호,『한국 철학수필 평론』, 신아, 2003, p.24.

94) 양주동, 출처 불명.

95) 황필호, 『나는 '아니오'라고 말하는 여자가 좋다』, 풍경, 1991, p.34.

96) 양주동, 출처 불명.

97) 양주동, 출처 불명.

98) '영원한 질문'에 대한 토론으로는 다음을 참조할 것. 황필호, 『서양종교철학 산책』, 집문당, 1996, pp.13~31.

99) 『전도서』, 1:1~8.

100) 『전도서』, 1:1~8.

101) 『전도서』, 1:9~18.

102) 『로마서』, 1:14.

103) 수필에 나타난 한용운의 사상에 대하여는 다음을 참조할 것. 황필호, 『종교철학 에세이』, 철학과현실사, 2002, pp.15~30.

104) 『창세기』, 1:28~29.

105) A. Schopenhauer, *The World as Will and Representation*, vol. II, tr. E. Payne, *Introductory Readings in Metaphysics*, ed. Richard Taylor, Prentice-Hall, 1978, p. 257. Cf. 여기에 언급된 '또 다른 의미의 불멸성'이란 인간 생명이 자손을 통해 영원히 보존된다는 쇼펜하우어의 '살려는 의지'(will to live; will to life)를 말합니다. 한 때 쇼펜하우어가 자식을 더욱 많이 생산하기 위해 일부다처제를 주장한 이유도 여기에 있습니다.

106) 『전도서』, 1:2.

107) B. Pascal, *Pensees*, tr. E. P. Dutton, New York, 1958, 347~348.

108) 같은 책, 146절.

109) 김열규, 『메멘토 모리: 죽음을 기억하라』, 궁리, 2001, p. 218.

110) James Allen, 박인출 역, 『생각하는 바에 따라』, 창현, 1997, pp.13~15.

111) 같은 책, p.20.

112) 같은 책, p.22.

113) 같은 책, pp.31~32.

114) 같은 책, p.41.

115) 같은 책, p.52.

116) 같은 책, pp.53~54.

117) 같은 책, p.69.

118) Karl Jaspers, 황필호 역, 『소크라테스, 공자, 석가, 예수, 모하메드』, 강남대, 2001, pp.118~123.

119) Pascal, 앞의 책, 146절.

120) 황필호, 『영어로 배우는 철학』, 우공, 2001, p.58.

121) 황필호 편, 『삶이 내게 가르쳐 준 것들』, 자유문학사, 1998, p. 33에서 재

인용. "Resolve to be thyself; and know that he who finds himself loses his misery."

122)　Pascal, 앞의 책, 제203절.

123)　같은 책, 제211절.

124)　같은 책, 제211절

125)　라마 아나가리카 고빈다, 「죽음의 과학이 발견한 삶의 비밀」, Padma Sambhava, 『티벳 死者의 書』, 류시화 역, 정신세계사, 1995, p.197에서 재인용.

126)　Ezra Pound, *Corrtra Naturam*, LXXXI.

127)　Pascal, 앞의 책, 제162절.

128)　M. Montaigne, *The Complete Essays of Montaigne*, Donald M. Frame, tr. Stanford University Press, 1965, p.41.

129)　황필호, 『철학적 여성학』, 종로서적, 1986, p.129에서 재인용.

130)　『전도서』, 1:3~11.

131)　소크라테스가 영혼 불멸을 확실히 믿지 않았다는 주장에 대하여는 다음을 참조할 것. 황필호, 『영어로 배우는 인생』, 우공, 2001, pp.171~172.

132)　흄의 사상에 대하여는 다음을 참조할 것. David Hume 외, 황필호 편, 『데이비드 흄의 철학』, 철학과현실사, 2003.

133)　황필호, 『영어로 배우는 인생』, p.172에서 재인용.

134)　황필호, 『철학적 여성학』, 앞의 책, p.136.

135)　Cf. 황필호, 「마지막 3일」, 구효서 외, 『나에게 남겨진 生이 3일밖에 없다면』, 생각하는백성, 2003, pp.241~256.

책 꼬리에

136)　김미현, 「다섯 개의 사랑으로 남는 당신」, 『문학동네』, 1999, 여름호, p.53.

137)　피천득, 『수필』, 범우사, 1976, p.129.

138)　박연구, 『속담 에세이』, 범우사, 1998, p.132.

139)　박혜숙, 「이 나이에 내가 하마」, 이대동창문인회 편, 『어둠은 새벽을 연다』, 선우미디어, 1998, p.198.

140)　안혜초, 「아름다움엔 나이가 없다」, 같은 책, p.285.

141)　같은 글, p.285.

142)　박주오, 『돌아오는 먼 메아리』, 뿌리, 1999, p.65.

出典을 완벽하게 살린

고사성어 대사전 호

누구나
곁에 놓아두고
언제든 들춰 보고 싶은 책!

동양 정신문명의 근간을 이루는
1,500여 성구를 집대성하였으며 정확한
뜻풀이, 상세한 출전, 적절한 용례를 실어
활용도를 극대화하였다.

- 고사성어 공부는 물론이려니와 늘 곁에 두고 마음의
  양식을 삼을 수 있도록, 그 배경이 되는 고사故事 및
  작품을 상세하게 수록하였다.
- 일상 생활에서 쓰는 성어는 물론이려니와 독서나 학문에
  필요한 성어까지 거의 망라하여 사전으로서의 기능을
  극대화하였다.
- 일상어로 흔히 쓰는 말 가운데서도 새겨둘 만한
  고사에서 비롯한 말(失言, 不夜城, 五里霧中 등)이면
  거의 모두 찾아 수록하였다.

임종욱 | 신국 고급양장(케이스) | 1,456면 | 58,000원

독자를 먼저 생각하는 정직한 출판

시대의창이 '좋은 원고'와 '참신한 기획'을 찾습니다

쓰는 사람도 무엇을 쓰는지 모르고 쓰는,
그런 '차원 높은(?)' 원고 말고
여기저기서 한 줌씩 뜯어다가 오려 붙인,
그런 '누더기' 말고

마음의 창을 열고 읽으면
낡은 생각이 오래 묵은 껍질을 벗고 새롭게 열리는,
너와 나, 마침내 우리를 더불어 기쁘게 하는

땀으로 촉촉히 젖은 그런 정직한 원고,
그리고 그런 기획을 찾습니다.

시대의창은 모든 '정직한' 것들을 받들어 모십니다.

시대의창 WINDOW OF TIMES

분야 경제·경영 / 역사·문화 / 비소설 / 어학

서울시 마포구 서교동 397-2 (우)121-840
Tel : 335-6121 Fax : 325-5607 http://www.sidaew.co.kr